늪지의 렌

최상희 장편소설

늪지의 렌

창비

차
례

캠프

토끼몰이가 시작됐다. 정신없이 달린다. 호흡이 가빠진다. 숨이 턱까지 차오른다.

"저기다!"

잔가지가 툭툭 부러진다. 거친 발소리가 쫓아온다. 꽃잎을 접은 작은 꽃이 짓밟혀 뭉개진다. 날카로운 새소리가 숲을 가로지른다.

달아나, 달아나.

두꺼운 구름이 달을 가렸다. 사방은 암흑이다.

"어디로 갔지?"

"분명 여기 있었는데."

"야, 좋은 말로 할 때 나와라."

투둑. 하늘이 갈라지는 소리가 난다. 검은 하늘 한가운데 빛이 번뜩인다. 멀리서 울리는 우르릉 소리. 나무 사이로 피어오르는 자욱한 안개. 불길한 기척이 스멀스멀 다가온다. 토끼를 몰던 아이들이 뒷걸음치기 시작한다. 정체 모를 두려움이 아이들을 덮친다.

한 아이의 입에서 신음이 흘러나온다. 무리 중 덩치가 가장 큰 아이다. 가쁜 숨을 내쉬며 얼굴이 납빛으로 일그러진다. 어둠에 가려 다른 아이들은 알아차리지 못한다. 신음이 점점 커지고 아이는 가슴을 쥐어뜯으며 괴로워한다. 비로소 아이들이 눈치챘다. 하지만 이미 늦었다.

어둠 속으로 소름 끼치는 소리가 울려 퍼진다. 잔인하고 흉포한, 날카로운 이빨과 발톱을 가진 짐승의 울부짖음. 공포에 찬 비명이 메아리처럼 뒤따른다.

아이들이 허겁지겁 산 아래로 달린다. 따라온다. 조금 전까지 친구였지만 이제 악마의 모습을 한 무언가가 추격해 온다. 전속력으로 도망치고 쫓는다. 앞서가던 아이 하나가 발을 헛디뎌 비탈길을 구른다. 아이들은 그대로 지나쳐 달린다. 굴러떨어진 아이가 일어나지 못하고 도와달라고 외친다. 아이들은 뒤돌아보지 않는다. 아이는 아프고 겁에 질려 울면서 이끼 낀 축축한 바닥을 기기 시작한다. 검은 그림자가 다가온다. 참혹한 비명이 울리지만 잠시였다.

숲은 다시 고요해졌다. 렌은 숨어 있던 덤불에서 몸을 일으켰다.

캠프 따위 정말 싫어.

이유는 셀 수 없이 많다. 벌레도 싫고 잠자리는 불편하고 음식도 끔찍하다. 진짜 이유를 말하면 엄마는 슬픈 표정을 지을 것이다. 엄마, 애들은 나를 벌레보다 더 싫어해. 차마 말하지 못했다.

종일 애들에게 쫓겼다. 잡는다고 딱히 뭘 하는 것도 아니다. 자기들이 얼마나 멍청한지 한껏 드러낼 뿐이다. 그저 쫓는 게 좋은 모양이다. 죽어라 잡은 사냥감을 주인에게 갖다 바치는 개처럼. 아니, 비유가 잘못됐다. 개는 무척 똑똑한 동물이다. 게다가 충직하고 다정하며 사랑스럽다. 이유 없이 친구를 공격하는 법도 없다.

렌은 아이들이 내려간 어둑한 길을 바라보았다. 갑자기 왜 그렇게 달아난 걸까. 마치 사나운 짐승에 쫓기는 토끼처럼. 영문 모를 일이지만 아무튼 잘됐다. 지긋지긋한 애들에게서 드디어 벗어났다.

몇 시나 됐을까. 휴대폰은 배터리가 다 됐다. 야영장으로 오는 버스에서 내내 음악을 듣느라 그랬다. 아까 캠프파이어 끝나고 나서부터 아이들이 쫓기 시작했으니 밤이 꽤 깊었을 거다. 그렇지만 야영장으로 돌아가긴 싫다. 아직 아이들이 잠들지 않았을 것이다. 모두 밤을 새우겠다고 각오가 대단했다. 시시한 게임을 하다가 싫증 나면 귀신 얘기를 시작하고 텐트에 비치는 그림자나 문득 들리는 새 울음에 비명을 지르며 껴안다 갑자기 자신의 비밀을 기꺼이 털어놓으며 우정을 꼭꼭 다지겠지. 역시 지금은 돌아가지 않는 편이 낫다. 애들은 빈 침대를 눈치채지 못할 것이다. 알아도 신경 쓰지 않을 게 뻔하다.

렌은 주변을 둘러보다 나무를 발견했다. 몹시 크고 우람한 나무. 몇 살이나 되었을까. 백 살? 이백 살? 어쩌면 더 많을지도. 이 숲에서 자리를 지키며 수많은 일을 겪었을 것이다. 몰아치는 태풍과 비바람, 천둥 번개, 뜨거운 태양과 폭설을 견디고 때로 작은 새와 짐승 들에게 아늑한 집이 되어 주기도 했겠지.

미안, 잠깐 실례할게.

렌은 나무를 타고 오르기 시작했다. 나무 타는 데 소질이 있다는 건 오빠 덕에 알게 되었다. 집 근처 공원의 커다랗고 잎이 무성한 나무는 오빠의 추격을 따돌리고 숨기 딱 좋았다. 나무가 베어졌을 때 렌은 울었다. 그때 베인 나무와 닮았다. 렌은 능숙하게 나무에 올랐다.

삽시간에 꼭대기에 다다랐다. 렌은 옆으로 뻗은 굵은 가지에 걸터앉았다. 고개를 젖히자 나뭇잎 사이로 검푸른 하늘이 보였다. 구름이 걷히고 희부연 달이 모습을 드러냈다. 멀리 별이 반짝인다. 풀벌레 소리가 나고 이따금 휘파람 소리처럼 새가 울었다. 바람이 불어오자 숲이 가만히 일렁인다. 렌은 굵은 나무줄기를 끌어안고 몸을 기댔다. 나무가 부드럽게 렌을 감싼다.

다음 날 아침 렌이 산에서 내려가자 야영장은 이상하게 조용했다. 아이들도, 선생님들도 보이지 않았다.

"넌 왜 여기 있어?"

텐트에서 나온 사람이 놀란 얼굴로 렌에게 말했다. 제복을 입은 남자. 경찰이다.

"다 어디 갔어요?"

렌이 경찰에게 물었다.

"새벽에 모두 떠났어. 넌 도대체 어디 있었던 거냐?"

"떠났다고요?"

렌은 야영장을 둘러보았다. 여기저기 무너진 텐트 밖으로 어지럽게 널린 짐과 바닥의 검은 얼룩. 어수선한 야영장에 빙 둘러쳐진 노란색 테이프. 분주하게 움직이는 경찰들.

"무슨 일이에요?"

경찰이 렌의 눈을 들여다본 뒤 묻는다.

"너 괜찮니?"

시위자

아이들에게 더 나은 미래를.

고층 건물에 걸린 대형 전광판이 휘황한 불빛으로 번쩍였다.

건널목 앞에서 신호를 기다리던 조는 차창 너머로 점멸하는 글자를 물끄러미 바라봤다. 같은 글자가 24시간 빛나는 전광판이 조의 회사 건물에도 걸려 있다. 그것은 광고 문구이자 지금의 회사를 있게 한 모토였다.

도대체 무슨 일일까.

렌의 전화를 받고 조는 황급히 회사에서 나왔다. 오랜만의 조퇴였다. 가이와 렌이 어릴 때는 종종 업무 중에 뛰쳐나가곤 했는데 렌이 초등학교에 입학한 뒤로는 한시름 덜었다. 문득 렌이 열 살 때 일이 떠올랐다. 도와달라는 렌의 전화를 받고 달려갔던 그날이 지금도 기억에 생생하다.

렌은 공원 한가운데 있었다. 커다란 나무에 오른 렌은 내려오지 않겠다고 버텼다. 나무 베는 걸 막기 위해서였다. 공무원과 벌목 작업자들이 나무를 에워싸고 렌이 내려오길 기다렸다. 혹시 모를 사태를 대비해 소방대원까지 출동해 나무 둘레에 안전 매트를 설치했다. 좋은 구경거리라도 생긴 양, 사람들이 모여들어 나무를 올려다봤다.

울창한 나무 위에 있는 렌은 작은 새처럼 보였다. 바람이 불면 금방이라도 떨어질 듯 연약한 어린 새. 하지만 렌은 완강히 버텼다. 조는 그런 딸이 내심 자랑스러웠다. 렌이 오른 나무는 무척 크고 아름다웠다. 족히 몇십 년은 돼 보였다. 나무를 베어 낸 자리에 미니 골프장을 만들겠다는 멍청한 생각은 도대체 누가 한 걸까? 조도 렌과 함께 나무에 오르고 싶은 심정이었다.

조가 한참 설득한 끝에 렌은 나무에서 내려왔다. 설득이라기보다는 협박에 가까웠다. 공무 집행 방해로 엄마가 곤란해질 수 있다는 말에 렌은 그제야 나무를 떠났다. 지상에 발을 디딘 딸을 조는 꼭 껴안았다. 렌의 얼굴은 눈물범벅이었다.

조는 렌의 얼굴을 닦아 주고 말했다. 너는 내가 본 가장 멋진 1인 시위자야. 렌은 시위자가 뭐냐고 물었다. 옳지 않다고 생각하는 일에 대항해서 싸우는 사람이라고 조는 대답했다. 렌은 그 말을 마음에 들어 했다. 시위자. 그와 동시에 시위가 무력하다는 것도 알게 되었다. 렌과 조가 공원을 떠나자마자 나무는 베어졌다.

"네가 뭔가 했다는 게 중요한 거야. 그러기 쉽지 않거든."

집으로 돌아가는 길에 조는 렌에게 말했다.

"하지만 아무 소용 없었어."

"다음 시위 때는 사람들을 모아 봐. 한 사람보단 둘이 낫고 둘보다 셋이 있으면 목소리가 더 커지지. 피자 먹으러 갈까?"

렌은 눈물을 닦고 말했다.

"밀크셰이크도 먹을래."

"좋아요, 용감한 전사님."

렌은 그 뒤로 다시는 공원에 가지 않았다. 렌과 조 모두 좋아했던 공원이었다. 과일과 책을 챙겨 가 커다란 나무 아래에 자리를 펴고 나란히 누워 있곤 했다. 바람이 불면 진녹색 잎이 맞부딪치며 파도 소리를 냈다. 나뭇잎 사이로 비쳐 든 햇살 조각이 반짝이며 가라앉는 오후, 곁에 잠든 렌의 나직한 숨소리를 들으며 조는 행복하다고 느꼈다. 두 사람 위로 고요히 그늘을 드리웠던 나무는 이제 베어지고 없다. 조는 렌의 마음을 짐작했다. 몹시 소중한 것을 빼앗긴 기분이었을 거다.

차가 꿈쩍도 하지 않았다. 막힐 시간이 아닌데. 조는 초조했다. 어서 렌에게 달려가고 싶었다. 앞차 꽁무니를 노려보며 조는 렌과의 통화를 복기했다.

"곰이야, 엄마."

"곰? 그래, 이번에는 곰이구나."

렌은 상상력이 풍부했다. 여전히 침대 밑에는 요정이 살고 잠자는 동안 창밖에서 외계인이 들여다본다고 생각하는지도 모른다. 그런 얘기는 안 한 지 오래지만. 비밀이 많아질 나이였다. 요즘 바빠서 렌과 얘기할 시간이 거의 없기도 했다.

"아니, 엄마, 진짜야. 사실 곰이 아닐지도 몰라. 확실하진 않대. 하지만 맹수라고 했어. 거의 곰에 가까운."

"호랑이 아니야? 아니면 혹시 티라노사우루스?"

"엄마!"

"캠프가 지겹다는 건 충분히 이해했어. 조금만 버텨 보면 집이 얼마나 근사한 곳인지 알게 될 텐데."

"나 집에 왔어."

"뭐?"

"경찰이 데려다줬어."

무슨 소리지? 숲에서 밤을 보내고 야영장으로 돌아오니 선생님과 아이들이 떠나고 없었다니. 왜 렌은 밤중에 혼자 숲에 있었지? 어쩌다 렌만 빼놓고 떠났지? 야생 동물의 습격? 모든 게 의문투성이였지만 조는 그 무엇보다 가장 궁금한 것을 다급히 물었다.

"너 괜찮아? 어디 다쳤어?"

"난 괜찮아, 엄마."

"엄마가 지금 갈 테니까 조금만 기다려."

괜찮다고 했지만 렌이 기뻐하는 기색이 느껴졌다.

차들이 왜 이렇게 꼼짝도 하지 않는 거지? 입이 바짝 말랐다. 조는 텀블러를 입에 댔다. 점심때 새로 채운 커피는 미지근하니 쓴맛만 났다. 커피라도 마시지 않으면 금방이라도 쓰러질 것 같다. 조가 새로 맡은 프로젝트는 난항을 겪고 있었고 식사 때면 의무적으로 입에 음식을 집어넣지만 아무 맛도 느낄 수 없었다. 사실 배고픔도 거의 느끼지 못한다.

조는 다시 휴대폰으로 렌의 학교에 전화를 걸었다. 여전히 통화 중이라는 자동 응답만 나왔다. 곰인지 뭔지 때문에 학교 전화통에 불이 난 모양이다. 도대체 무슨 일이람.

요란한 구급차 사이렌 소리가 났다. 사고인가. 차창을 내리고 얼굴을 내밀어 봤지만 길게 늘어선 차들만 보일 뿐이다. 주위는 차츰 어두워지고 있었다.

전광판의 글자가 한 단어씩 점멸했다.

아이들에게. 더. 나은. 미래를.

조가 진행하는 프로젝트는 두 단어를 향해 움직이고 있다.

더. 나은.

어떻게, 무엇을. 조는 아이들에게 늘 더 나은 것을 주고 싶었다. 부모로서 다른 선택지는 없다. 이보다 나은 것이 있다면 당연히 아이들에게 줘야 한다. 하지만 그게 과연 옳은 일일까. 조는 확신하지 못했다. 불길한 사이렌 소리가 다가온다. 구급차 몇 대가 줄지은 차 사이를 힘겹게 뚫고 달린다.

사고

여러분, 야영장에서 일어난 일로 많이 놀랐으리라 생각합니다. 예기치 않은 사고에 심심한 유감을 표합니다. 다친 학생들은 현재 병원에서 치료 중입니다. 학교장을 비롯해 모든 교사가 학생들의 회복과 안정을 위해 최선을 다하고 있습니다. 캠프에서 발생한 일은 야생 동물의 소행으로 짐작되며 경찰이 조사 중입니다. 결과가 나올 때까지 사고에 대한 언급을 자제해 달라는 경찰의 요청이 있었으니 협조 부탁드립니다. 만약 SNS 등에 유포한다면 법적 조치가 취해질 수 있습니다. 지나친 억측과 우려 역시 삼가 주십시오. 주말 동안 푹 쉬며 월요일에 건강한 모습으로 만나길 빕니다. 혹시 치료나 상담이 필요한 경우, 담임 교사에게 연락 바랍니다. 사고에 대해서 언급을 자제하길 다시 한번 당부합니다. 법적 처벌을 받을 수 있습니다.

반 단톡방에 담임이 올린 글은 무척 이상했다. 어투가 어색하고 내용도 수상했다. 반 아이들에게 하는 말 같지 않았다. 부모님을 의식한 듯싶었다. 그런데 '법적 처벌'이라니. 어이가 없다. 당부라기보다는 협박에 가까운걸. 아무도 답을 하지 않았다. 역시 법적 처벌이란 말에 겁먹었나. 아니다. 아마 아이들은 담임이 없는 다른 단톡방에서 떠들고 있을 것이다. 그 단톡방에 렌은 초대받지 못했다.

렌은 유이를 떠올렸다. 며칠 전 새로 짝이 된 터라 아직 친해지진 않았지만 괜찮은 애 같았다. 적어도 렌의 눈을 피하거나 무시하지는 않았다. 어쩌면 단톡방에 초대해 줄지도 모른다. 유이가 무사한지도 궁금했다.

"메시지 보내 볼까, 로라?"

렌은 로라를 안고 정수리에 코를 댔다. 구운 아몬드 냄새가 났다. 고소한 냄새를 맡으면 왠지 마음이 안정된다. 목덜미를 살살 긁어 주자 로라가 골골 소리를 냈다.

길 위에서 로라를 발견한 건 칠 년 전쯤이었다. 엄마와 함께 공원에 가다 길가에 쓰러진 고양이를 봤다. 고양이의 몸 주변이 검붉게 물들어 있고 파리 떼가 맴돌았다. 엄마가 동물 사체 처리반에 전화를 걸어 통화하는 동안 렌은 고양이에게 다가갔다. 목에 둘렀던 손수건을 풀어 덮어 주려는 순간 고양이가 움찔 움직였다. 엄마와 렌은 고양이를 안고 그대로 동물 병원으로 뛰었다.

죽음의 문턱까지 갔던 고양이는 기적적으로 살아나 렌의 새 가족이 되었다. 교통사고로 짐작되는 부상 탓에 뒷다리 하나를 잘라 내야 했다. 그래도 고양이는 세 개의 다리로 도도도 잘 뛰어다녔다. 렌은 고양이에게 로라라는 이름을 붙여 주었다. 고양이의 눈을 가만히 바라보면 푸르스름한 오로라가 피어오르는 북극의 밤하늘 같았기 때문이다.

　렌은 로라를 껴안은 채 고민을 미루고 유튜브를 검색했다. 그러다 발견했다.

　뭐지? 동영상에서 나는 소리에 로라의 눈이 동그래진다.

　지하철역 안에 울려 퍼지는 비명. 사람들이 우왕좌왕하며 출구를 향해 뛰기 시작했다. 앞다투어 계단으로 몰려가는 사람들. 계단을 오르던 할머니가 사람들에 밀려 넘어진다. 그 바람에 뒤에 있던 사람들도 나뒹군다. 쓰러진 사람들이 부리나케 일어나 뛴다. 할머니는 일어나지 못한다. 아무도 돕지 않는다. 모두 전력으로 계단을 오른다. 멀리 교복을 입은 한 남학생이 흐릿하게 카메라에 잡힌다. 남학생의 하얀 셔츠가 검붉게 물들어 있다. 피다. 학생의 얼굴도 피범벅이다. 주위에 사람 몇이 쓰러져 있다. 남학생이 움직이자 사방에서 비명이 터진다. 화면이 거칠게 흔들리기 시작한다. 그 뒤로는 요동치는 계단과 가쁜 숨소리뿐이다. 잠시 뒤 역을 벗어나 정신없이 거리로 달려가는 사람들의 뒷모습이 보이다 영상이 뚝 끊긴다.

이게 뭐지? 영화 촬영 현장인가? 영화라면 좀비물? 막 올라온 영상에는 제목이나 설명도 없고 댓글도 없다. 관심을 끌려는 마케팅 전략인가? 그런데 영화 촬영 현장이라기엔 너무 어설퍼서 오히려 진짜 같았다.

갑자기 로라가 귀를 쫑긋하며 몸을 일으켰다. 렌의 품에서 훌쩍 뛰어내려 방문 앞으로 가더니 냐아, 울었다. 렌이 문을 열어 주자 로라는 도도도 뛰어 계단을 내려가 쏜살같이 달렸다. 현관문이 열리고 로라가 문을 향해 펄쩍 뛰어올랐다. 엄마다.

"자, 내겐 용감한 고양이가 있으니 이제 곰을 잡으러 가자."

로라를 안은 조가 씩 웃으며 말했다. 로라가 맞장구치듯 냐아 울었다.

"흐음."

조는 렌이 휴대폰으로 보여 준 단톡방 메시지를 읽었다. 비슷한 내용으로 '학부모님께'로 시작하는 메시지를 조도 받았다. 학생들의 안전보다는 입단속이 우선인 느낌이었다. 뭔가 미심쩍었다.

"다친 애들이 많아?"

렌이 국수만 뒤적거렸다.

"너희 반에도 다친 애 있어?"

렌이 작은 목소리로 모르겠다고 말했다. 마치 잘못이라도 저지른 듯한 얼굴이다. 조는 물을 따라 단숨에 컵을 비웠다. 저녁으로 주문한 국수가 좀 짰다.

렌은 아이들과 잘 어울리지 못했다. 그 이유를 알 만했고 아마 조의 짐작이 틀리지 않을 것이다. 렌의 잘못은 아니다. 렌에게 친구를 사귀기 위해 노력해 보라고 한 적은 없다. 마음은 노력한다고 얻을 수 있는 게 아니다. 언젠가는 마음 맞는 사람을 만날 수도 있다. 확신하진 못한다. 조도 별로 친구가 없었다. 그 대신 숫자와 유전자 지도를 찾아냈다. 그들은 조와 아주 잘 맞고, 늘 재밌으며, 여간해선 배신도 하지 않았다. 그렇다고 아주 외롭지 않은 건 아니었다. 렌도 그러리라 생각하니 안쓰러웠다.

"잠깐만 이러고 있자."

설거지를 끝낸 뒤 소파에 나란히 앉아 조가 렌의 어깨에 머리를 기댔다.

"엄마, 또 머리 아파?"

"인간 비타민이 필요해."

"그럼, 특별 서비스 나갑니다."

렌이 웃으며 조의 어깨에 팔을 둘러 안았다.

뻣뻣한 목이 부드러워지는 기분이다. 이상한 일이다. 렌과 함께 있으면 긴장이 풀리고 늘 달고 사는 두통도 가셨다. 아주 오래전부터였다. 몸살로 앓다가도 어린 렌을 안고 하룻밤 자고 나면 가뿐해졌다. 반려동물을 쓰다듬거나 안으면 우울감과 통증이 줄어든다는데 그와 비슷한 걸까? 플라세보 효과겠거니 싶지만 조에게 렌은 비타민이자 영양제고 두통약이었다.

"우리 주말에 어디 놀러 갈까?"

"정말? 엄마 회사 안 가?"

"토요일은 쉴 수 있어."

"아하. 무척 바쁜 몸이지만 어디 제가 한번 시간을 내 보겠습니다, 어머님."

"아이고, 감사합니다."

조와 렌이 마주 보고 미소 지었다. 로라가 냐아, 울더니 조의 무릎으로 훌쩍 뛰어올랐다. 조가 로라를 부드럽게 쓰다듬자 로라는 스르르 눈을 감았다. 밤이 조용히 깊어 간다.

그날 밤 조는 인터넷 뉴스를 검색했다. 야생 동물, 맹수의 습격, 습격당한 학생들. 아무리 찾아도 없다. 그러다 다른 뉴스를 발견한다. 조는 집에 오는 길에 왜 그렇게 차가 막혔는지 알았다.

남학생 A

 지하철 안, 출입문 근처에 서 있는 남학생 A의 얼굴이 창백하다. A는 지하철에 탄 뒤 속이 답답해지며 숨이 가빴다. 집에서 학원까지는 다섯 개 역. 직장인들의 퇴근 무렵이지만 지하철 안은 숨 막힐 정도로 붐비지는 않았다. 하지만 A는 가슴이 짓눌리는 기분에 속이 메슥거리며 진땀까지 났다. 먹은 게 탈이 난 걸까.

 목적지까지 역이 하나 더 남았지만 A는 도저히 참지 못하고 지하철에서 내렸다. 금방이라도 토할 것 같았다. 화장실을 찾아 계단을 향해 뛰었다. 좁은 계단은 사람들로 붐볐다. A의 호흡은 평상시로 돌아오고 욕지기도 멈췄다. 하지만 이상한 기분이 들었다.

 사방의 소리가 싱크대 물 빠지듯 쑥 빨려 사라지더니 눈앞이 컴컴해졌다. 주위가 아득해지며 핑 돌았다. 바닥이 벌떡 일어나 A를 집어삼켰다. 그리고 암흑.

A는 낯선 곳에서 눈을 떴다. 하얀 커튼으로 사방이 막힌 곳. 잠시 뒤 병원이라는 것을 깨닫는다. 침대에 누워 있었다. 움직이려 했지만 꼼짝도 할 수 없다. 팔과 다리가 침대에 묶여 있다. 몸부림쳐 봐도 소용없다. 입에 마우스피스가 끼워져 있다. 고함치자 울부짖음에 가까운 소리가 새어 나온다.

커튼 한쪽이 열리고 방역복을 입은 남자가 나타났다. A를 재빨리 훑어본 뒤 남자는 커튼 밖으로 나갔다. 남자가 다시 나타나고 그 뒤로 마스크를 쓴 의사와 간호사, A의 부모가 줄줄이 들어왔다. 그리고 마지막으로 경찰이 따라 들어왔다.

의사가 펜 라이트를 비춰 A의 상태를 살피고 간호사는 혈압과 체온을 잰다. A의 부모는 걱정으로 넋이 나간 표정이다. 경찰과 작은 소리로 이야기를 나눈 뒤 의사가 조심스레 환자의 입에 물린 마우스피스를 빼냈다. 그 순간 A가 짐승처럼 울부짖으며 몸부림친다. 방역복을 입은 남자가 A의 몸을 누르자 간호사가 황급히 팔에 주사기를 찔렀다.

잠시 뒤 A가 잠잠해졌다. A의 엄마는 눈물을 흘리고 아빠는 충격으로 얼굴이 굳었다. 경찰이 당황스러운 얼굴로 멀거니 A를 바라본다. A는 잠에 빠졌다. A가 입고 있는 교복은 온통 검붉은 피로 얼룩져 있다. 손과 얼굴에도 피가 굳어 있었다. A가 흘린 피는 아니었다.

그날 밤 뉴스에는 지하철 역사에서 일어난 끔찍한 폭행 사건이

상세히 보도됐다. 피해자는 다수이며, 40대 남성이 심정지 상태로 병원으로 이송된 뒤 사망했다. 부상으로 출혈이 심한 20대 여성은 즉시 수술을 받고 회복 중이며, 역 계단에서 넘어진 70대 여성은 아직 깨어나지 못했다. 이외에도 크고 작은 부상과 정신적 충격으로 십여 명의 피해자가 입원 치료 중이었다. 목격자의 신고로 출동한 경찰관들에 의해 폭행범은 현장에서 검거되었으나 검거 중에 경찰관 한 명도 중상을 입었다. 체포된 용의자는 10대 남성 A다.

피해가 매우 크고 용의자가 10대 청소년이라는 점 때문에 사건은 초유의 관심을 모았다. 목격자들이 휴대폰으로 촬영한 영상이 SNS로 재빨리 퍼져 나갔다. 이내 A의 신상이 밝혀졌다. 사건 발생 당시 A가 입고 있던 교복이 단서가 됐다. 학년과 반, 이름과 사는 곳은 물론 가족의 신상까지 순식간에 알려졌다. A는 평범한 학생이었다. 지인들의 말에 의하면 A는 평소 별다른 문제를 일으킨 적 없고, 오히려 조용하고 성실한 학생이었다. A는 체포된 뒤 병원으로 이송돼 입원 치료 중이다.

한편 체포 당시 동영상은 많은 논란을 불러왔다. 피해자가 속출하는 동안 다친 사람을 돕는 대신 촬영에 급급했던 사람들에게 비난이 쏟아졌다. 쓰러진 70대 여성을 방치한 채 달아났던 사람들의 얼굴이 캡처되어 부지런히 SNS로 전해지기도 했다. 검거 과정에서 경찰이 범인을 제압하기 위해 마취총을 사용했다고 알려지며 과잉 대응에 대한 비판 여론이 일었다. 경찰은 과잉 대응이었음을 인정했지만 더 큰 피해를 막기 위해서였다고 주장했다.

사건 영상을 본 사람들은 경찰의 말에 수긍할 수밖에 없었다. 용의자는 10대 청소년이라고 믿기지 않을 정도로 괴력을 행사했고 폭행 장면은 매우 끔찍했다. 무기를 사용하지도 않았는데 피해자들의 부상은 상당히 심각했다. 사람들은 충격에 휩싸여 한동안 지하철을 피했다.

동영상은 '지하철 좀비', '지하철 야수 A', '지옥철의 괴물', '지하철 악마' 등등의 제목으로 삽시간에 퍼졌다. 그건 시작일 뿐이었다.

나기

이번에는 넥타값을 제법 잘 받았다. 나기는 턱이 두툼한 상인이 입금한 금액을 확인하고 서둘러 가게를 빠져나왔다. 지난번에 거래했던 얼굴에 흉터 자국이 있는 녀석은 넥타값을 형편없이 후려쳤다. 물론 오늘 받은 돈도 도시 안에서 실제 팔리는 넥타 가격의 10분의 1도 안 된다. 하지만 더 욕심내는 건 무리다. 넥타는 은밀히 거래되고 그나마 거래처를 뚫기도 어려웠다.

도시 사람들은 넥타라고 부르는 것을 나기가 사는 곳에서는 아술이라고 불렀다. 아술은 가시가 있는 검붉은 껍질에 싸인 열매로, 크기는 자두만 하고 껍질을 벗기면 안에 샛노란 과육이 나온다. 설익은 아술을 먹었다가는 설사를 하기 십상이고 익어도 시큼털털한 맛 때문에 나기의 마을에는 아술이 지천에 열려도 나기의 할머니 말고는 따는 이가 없었다.

할머니는 익은 아술을 따서 알맹이를 말려 가루를 냈다. 가루의 독 성분은 마취 효과가 있어 고통을 덜어 준다. 할머니는 다친 사람들에게 아술 가루를 썼다. 나기의 마을에서 할머니는 의사나 다름없었다. 아술 가루를 복용할 때는 극히 조심해야 한다. 조금만 양을 늘리면 환각을 불러오기 때문이다. 그게 바로 상인들이 아술 가루를 사는 이유였다. 어떤 용도로 쓰는지 짐작했지만 나기는 상관없었다. 값을 잘 쳐 돈만 받으면 됐다.

아술이 익을 무렵이면 나기는 밥 먹을 새도 없이 바빴다. 아술 열매를 따고 말리느라 종일 숲에서 지냈다. 볕과 바람이 적당한 장소를 찾아 열매를 펼쳐 놓고 양 떼가 먹지 못하게 지켜야 했다. 양이 말린 아술 열매를 먹고 제가 물고기라 착각해 물속으로 뛰어들기라도 하면 큰일이니까. 아술 말리기는 꽤 까다로운 작업이었는데 가장 큰 고충은 할머니 눈 피하기였다. 그러나 할머니가 모를 리 없다. 할머니에게 뭘 감추는 건 불가능에 가깝다. 알면서도 모르는 척한다면 이유는 하나뿐이다. 잠복해 있다 수면에 물잠자리가 앉으면 단숨에 낚아채는 물고기처럼 때를 보고 있는 거다. 속절없이 물고기에게 먹히는 잠자리 꼴이 되기 전에 더 부지런히 팔아 돈을 벌어야겠다고 나기는 다짐했다.

길 건너 오렌지색 건물을 보자 절로 입안에 침이 괸다. 나기는 뛰다시피 햄버거 가게로 들어갔다. 버거 세트에 음료는 콜라, 토마토케첩 추가. 이젠 메뉴판을 볼 필요도 없을 정도로 주문에 익숙하다. 주문을 마친 뒤 몸을 돌리는데 누군가와 부딪쳤다. 그 바람에 상대방이 쟁반을 떨어뜨린다. 나기가 잽싸게 낚아챈다. 햄버거도 감자튀김과 콜라도 무사하다. 쟁반을 돌려주자 또래로 보이는 아이가 얼떨떨한 표정으로 나기를 빤히 바라보다가 고맙다고 말했다. 나기는 대답 대신 후드를 푹 눌러 썼다.

나기는 주문한 음식이 담긴 쟁반을 들고 구석 자리에 앉았다. 서둘러 포장을 벗기고 햄버거를 크게 한 입 베어 물었다. 입안 가득 퍼지는 도시의 맛. 한 달에 한 번 맛보는 즐거움이다. 처음 햄버거를 먹었을 때 눈이 번쩍 뜨이는 느낌이었다. 그러고 나서 밤새 설사에 시달렸다. 하지만 햄버거는 나기에게 넥타와 같았다. 중독되어 버렸다. 햄버거 때문에라도 도시로의 외출을 끊을 수가 없다.

가게 안은 올 때마다 사람이 가득하다. 나기처럼 혼자 앉아 있는 사람도 많아서 덕분에 어색하지 않다. 대부분은 휴대폰을 들여다보고 있다. 함께 앉은 사람들도 각자 휴대폰만 본다. 도시 사람들에게 휴대폰은 물고기의 아가미 같다. 휴대폰 없이는 잠시도 못 견디는 성싶다. 나기는 휴대폰을 가져 본 적 없다. 나기에겐 아무 쓸모도 없었다.

요란하게 울려 퍼지는 음악 사이로 사람들의 대화가 들려온다. 어제 그 중학생 봤어? 어, 끔찍하더라. 꼭 미친 것 같았어. 그렇지? 눈이 완전히 돌았던데. 엄청난 괴력에 사람을 좀비처럼 물어뜯고. 그런데 좀비는 피를 빨지 않나? 그건 흡혈귀지. 물어뜯기만 하는 건 아니고 때리고 사람을 막 던지던데. 그거 조작된 영상이래. 진짜? 아냐, 뉴스에도 나왔어. 나라중 애라던데. 정말? 왜 그런 거래? 모르지. 귀신 쓴 거 아냐?

나기는 고개를 들어 대화가 들려오는 곳을 슬쩍 봤다. 저만치 떨어진 자리에 앉은 교복을 입은 학생 넷. 조금 전까지 심각한 표정으로 뭔가 무섭다고 하더니 어느새 화제가 바뀌어 웃고 있었다. 귀 기울였지만 뭐가 재밌는지 잘 모르겠다. 창가 자리에 앉은 할머니 둘은 다 죽어 가는 화분의 장미를 되살리는 방법에 대해 진지하게 얘기하고 있다. 그 옆에 앉은 여자는 이어폰을 끼고 노래를 듣고 구석에 혼자 앉은 남자는 휴대폰 속으로 빨려 들어갈 듯 축구 중계에 열중해 있다. 딱히 나기를 눈여겨보는 이는 없다.

나기는 햄버거 가게에서 나와 약속이라도 있는 듯 걸음을 재촉한다. 한참 뒤에 전면이 온통 유리로 된 건물에 도착한다. 유리창 안으로 반짝거리는 차들이 진열되어 있다. 가운데 놓인 유선형의 노란 자동차에 홀린 듯 나기의 눈이 멈춘다. 가슴이 두근거린다. 숨이 멎을 것 같다.

자동차를 처음 본 순간 나기는 반해 버렸다. 아름답게 질주하는 모습은 하도 상상해서 꿈에도 나올 정도다. 이름까지 지어 놨다. 튤리파. 세상 어떤 것보다 빠르며, 그 속도를 견줄 만한 건 빛뿐인 신비로운 존재. 금빛 비늘로 싸인 거대하고 길쭉한 몸, 거센 태풍을 부르는 웅장한 날개. 튤리파는 산호와 조개로 뒤덮인 머리를 진흙 속에 파묻고 깊은 물 아래 잠들어 있다 천 년에 한 번 눈을 뜨고 물 밖으로 나온다. 그때마다 세상이 바뀐다고 했다. 어렸을 때 할머니가 해 준 얘기였다. 간혹 집이 흔들릴 때면 할머니는 튤리파가 드르렁드르렁 코를 고는 중이라고 했다. 죄다 할머니가 지어낸 얘기일지도 모르지만 그래도 나기는 튤리파가 좋았다. 코를 고는 것도, 낡은 세상을 끝내고 새로운 세상을 만든다는 것도 마음에 들었다.

자동차를 좀 더 가까이 보기 위해 유리창에 달라붙었다. 안에 있던 직원이 그런 나기를 보지만 그냥 내버려둔다. 나기는 당장이라도 매장 안으로 들어가 자동차를 끌고 나오고 싶다. 운전이라면 자신 있다. 운전은 친구 수이가 가르쳐 줬다.

쓰레기장 근처에 살던 수이. 쓰레기장에는 없는 게 없었다. 돈이 잔뜩 든 금고와 금궤로 가득 찬 가방을 주웠다는 소문도 있었다. 시체가 심심찮게 발견된다고도 했다. 나기는 소문을 반쯤은 믿었다. 믿지 않을 게 뭔가. 심지어 수이의 삼촌은 쓰레기 더미 속에서 부품을 주워 자동차까지 조립했다. 수이는 삼촌 몰래 차를 끌고 와 나기에게 운전대를 잡게 해 줬다.

수이는 오래된 구닥다리 자동차를 영감님이라고 불렀다. 툴툴거리다 시동이 꺼지기 일쑤였지만 그래도 움직이긴 했다. 속도도 나지 않아 걷는 게 더 빠르겠다고 농담하곤 했지만 운전하는 건

정말 끝내줬다. 한번은 속도를 내는데 영감님이 심상찮은 소리를 냈다. 황급히 차를 멈추고 내리니 펑, 하고 요란한 굉음이 터지고 보닛에서 검은 연기가 뿜어져 나왔다. 그게 영감님의 마지막이었다. 그리고 얼마 뒤에 수이도 사라졌다. 어디로 갔는지 물어봤지만 수이의 삼촌은 대답 대신 침만 탁 뱉었다.

나기는 전시장 안의 자동차를 만져 보고 올라타고 싶지만 엄두를 내지 못한다. 아술을 얼마나 따야 자동차를 살 수 있을까. 아직 돈이 한참 부족하다는 정도쯤은 안다. 지금 타고 다니는 고물 오토바이를 사는 것도 힘들었다. 얼굴에 흉터 자국이 있는 녀석은 겨우 굴러다니는 중고 오토바이를 마치 공짜로 주는 양 생색은 낼 대로 내며 값을 엄청나게 불렀다. 사기꾼 자식. 속는 줄 알면서도 나기는 당할 수밖에 없었다. 고물이라고 해도 꼭 필요했으니까. 언젠가는 튤리파를 꼭 타고 말 거다. 후드를 깊숙이 눌러쓰고 나기는 유리창에서 물러난다.

나기는 서둘러 걷기 시작했다. 오토바이를 쉬지 않고 달려도 한밤중이나 돼서야 집에 도착할 것이다. 집까지는 멀고 험한 길이었다.

발작

　수학 선생님이 칠판에 문제를 적었다. 그러고 나면 문제를 풀 아이들을 호명한다. 렌은 제발 자신이 불리지 않길 간절히 빌었다. 수학 시간이 두려웠다.

　수학은 렌에게 이해할 수 없는 암호로 가득한 세계다. 국어나 역사에는 맥락이라는 게 있고 추론과 상상의 여지가 있다. 하지만 수학은 하나의 답을 향해서 나아갈 뿐, 그 길에는 융통성도 관용도 없다. 게다가 미적분이 사는 데에 도대체 무슨 필요가 있담. 이런 이야기를 하면 엄마는 어이없어서 웃음을 터뜨릴 것이다. 생명공학자인 엄마의 인생은 숫자와 떼려야 뗄 수 없고 암호와 같은 숫자도 엄마에게는 그 무엇보다 명확한 의미를 지녔을 테니까.

　당연히 엄마는 수학을 잘했을 것이다. 잘한 정도가 아니라 엄청났겠지. 엄마는 다들 입사하고 싶어 안달인 대기업 키아즈마의 중역이자, 네이처 잡지에 논문이 실리는 과학자니까. 그런 엄마를 닮지 못한 게 유감스럽다. 아니, 그렇게 뛰어난 엄마를 닮기란 오빠라도 힘들걸. 오빠는 엄마를 별로 닮지 않았다. 아빠를 닮았나? 렌은 아빠에 대한 기억이 별로 없다. 아빠를 생각하면 떠오르는 건 구두였다.

아빠의 구두는 무척 컸다. 그에 비하면 렌의 운동화는 인형 신발 같았다. 하루는 현관에 놓인 아빠 구두에 슬며시 발을 넣어 보았다. 터무니없이 큰 신발이 걸을 때마다 달그락달그락 소리를 냈고 그게 꽤 재밌었다. 한참 그러다 이상한 느낌에 뒤돌아보니 아빠가 빤히 지켜보고 있었다. 렌이 구두에서 발을 빼자 아빠는 아무 말 없이 구두를 집어 신발장에 넣었다. 그게 아빠에 대한 가장 선명한 기억이다. 무언가 잘못한 듯한 기분이었지만 정확히는 알지 못했다. 부모님은 렌이 어렸을 때 이혼했고 그 뒤로 종종 아빠를 만나는 오빠와 달리 렌은 한 번도 만난 적 없었다.

칠판이 수학 문제로 가득 채워졌다. 아이들은 칠판을 시큰둥하게 바라보거나 고개를 숙이고 딴짓을 하고 있다. 아이들 대부분은 저 정도 문제는 코 풀기보다 더 쉬울 것이다. 선행 학습으로 이미 대학교 수학 전공 문제를 해치운 아이들도 있었다. 태어날 때부터 수리 능력을 유전자에 새기고 태어난 애들이다. 농담이 아닌 문자 그대로의 의미로.

렌은 목에 뭔가 따끔한 것을 느꼈다. 목덜미를 더듬자 손가락

끝에 작게 뭉친 종잇조각이 만져졌다. 고개를 돌리자 소리 없이 낄낄거리는 아이들이 보였다. 렌은 이런 일에 익숙했다. 학년이 바뀌면 으레 있는 일이고 내내 계속됐다. 다만 놀라운 건 목을 노리는 무기가 여전히 종잇조각이라는 점이다. 초등학교 때와 조금도 변하지 않았다. 좀 더 창의적인 걸 만들어 낼 수 없나. 명석한 두뇌를 종잇조각 뭉치는 데나 이용하다니 한심했다. 다음엔 씹던 껌일 게 분명했다. 자리에 앉기 전에 의자를 살펴봐야 할 것이다. 어쩌면 책장 사이사이, 가방 속, 혹은 머리카락에서 껌을 발견할 수도 있다.

선생님이 출석 번호를 부르기 시작했다. 번호가 호명될 때마다 렌은 가슴을 졸인다. 마지막 문제까지 호명되지 않자 비로소 마음이 놓인다. 아이들이 나가 칠판 앞에 서서 문제를 풀기 시작했다. 문제 하나의 임자가 나타나지 않는다. 선생님이 번호를 불렀다. 아무 대답도 없다. 선생님이 출석부를 펼쳐 확인한 뒤 이름을 부른다. 주노.

아이들의 시선이 일제히 주노를 향했다. 주노는 책상에 엎드려 있다.

"자냐?"

선생님의 말에 아이들이 킥킥거리지만 주노는 꼼짝도 하지 않았다.

"주노, 일어나 봐."

조금 딱딱해진 목소리로 선생님이 말했다.

여전히 주노는 엎드려 움직이지 않는다. 이상하다. 수업 시간에 자거나 딴짓하는 애가 아닌데. 선생님을 무시하거나 대든 적도 없었다. 수학 시간에 호명되면 주노는 늘 수월하게 문제를 풀어냈다. 이름을 부르다 지친 선생님은 주노의 자리로 다가갔다.

"어디 아프냐, 주노?"

선생님이 주노의 어깨에 손을 얹은 순간, 주노가 벌떡 일어나 그대로 선생님에게 달려들었다. 아이들이 비명을 질렀다.

선생님의 하얀 셔츠가 순식간에 붉게 물든다. 너덜거리는 피부 사이로 피가 솟구친다. 선생님이 바닥에 쓰러지자 주노는 아이들에게 덤벼든다. 책상이 엎어지고 의자가 나뒹굴며 아수라장이 된다. 아이들은 소리 지르며 앞다투어 문을 향해 달린다. 한 아이가 주노에게 잡혀 쓰러진다. 짓눌린 아이는 소리도 내지 못하고 팔다리만 버둥거린다. 피가 사방으로 튄다. 공포에 찬 절규가 복도를 가득 채운다.

주노가, 아니 주노라고 믿을 수 없는 주노가 무서운 속도로 아이들을 뒤쫓는다. 교실은 여기저기 울부짖는 소리와 고통스러운 신음으로 가득 찬다. 렌은 바닥에 번지는 검붉은 색을 향해 기어간다. 덜덜 떨며 가까스로 쓰러진 아이에게 닿는다. 유이야, 렌은 작은 소리로 부른다. 유이의 눈은 천장을 향해 활짝 열려 있지만 아무것도 보지 못하는 것 같다.

"도와주세요. 여기 친구가 다쳤어요. 제발…… 빨리요…….”
렌은 휴대폰에 대고 흐느끼며 말한다.
복도에서 처절한 소리가 들려온다.

소집령

매일 사건이 쉴 새 없이 이어졌다. 가해자와 피해자만 달라질 뿐이지 사건의 내용은 흡사했다. 10대 청소년이 갑자기 발작을 일으키고 폭력을 행사한다. 피해자는 가해자인 청소년의 가족, 친구, 이웃, 혹은 전혀 모르는 다수의 사람. 폭행의 피해는 조금 덜하거나 더할 뿐, 하나같이 잔인하고 끔찍했다.

정부는 휴교령을 내리고 10대들의 외출을 금지했다. 하지만 해결책은 되지 못했다. 온 가족이 하룻밤 사이에 죽는 사건이 빈번히 발생했다. 부모와 형제를 죽인 아이는 바깥으로 나가 닥치는 대로 사람들을 해쳤다. 아이의 발작을 두려워한 부모가 아이를 살해하고 자살하는 사건도 벌어졌다. 금지령을 어기고 외출한 아이가 어른들에게 폭행당했다. 10대로 오인된 성인이 피해를 입기도 했다. 한 달 남짓 동안 벌어진 일들이었다.

사건 현장에서 체포된 아이들은 폭행 이력도 없고 평소에 폭력성을 보인 적도 없었다. 물론 지병이나 정신적인 질환 때문도 아니었다. 그런 문제는 10대 아이들에게 있을 수 없다. 현재 10대 아이들은 축복받은 세대였다. 의학과 생명 공학의 눈부신 발달로 그 수혜를 누리며 완벽하게 태어나 건강하게 성장했기 때문이다.

발작을 일으킨 아이들 사이에 특별한 연관은 없었다. 10대라는 게 유일한 공통점일 뿐. 발작의 원인으로 다양한 추측이 제기됐다. 하지만 명백한 이유는 밝혀지지 않았다.

체포된 아이들은 경찰 조사 대신 병원에 입원했다. 하지만 발병 원인을 모르니 치료도 어려웠다. 1인실에 입원시켜 몸을 침대에 묶어 두고 상태를 지켜보았고 발작이 일어나면 안정제를 투여하는 게 고작이었다. 발작한 뒤 아이들은 대부분 정상적인 상태로 돌아왔다. 그러다 다시 발작을 일으키기도 하고 그러지 않기도 했다.

어른들은 아이들을 피했다. 아이들도 서로를 두려워했다. 언제 터질지 모를 시한폭탄이었다. 누가 폭탄인지 알 수 없었다. 다음에는 자신이 그 폭탄이 될 수도 있었다.

사태를 수습하지 못하는 정부에 대한 비판이 쏟아졌다. 도심 광장에서 정부의 해결을 촉구하는 시위가 이어졌다. 가해자인 청소년들을 강력히 처벌해 재발을 방지하라는 여론이 빗발쳤다. 청소년들은 사회의 안전을 위협하는 잠재적 범죄자, 시민들을 공포로 몰고 간 끔찍한 괴물이었다.

사태가 악화하자 정부는 10대를 격리 대상으로 정하고 긴급 소집령을 내렸다. 소집 대상은 13세부터 19세의 청소년. 사고를 대비한 예방과 치료가 그 목적이었다.

경찰이 소집 대상 아이가 있는 집을 방문했다.

"캠핑 떠날 준비 됐지?"

경찰은 친절하게 아이에게 말했다. 경찰 뒤로 무장한 군인들이 서 있었다.

아이들은 소지품을 담은 작은 가방을 메고 군용 버스에 올라탔다. 간혹 안 가겠다고 버티는 아이들을 군인이 강제로 버스에 태웠다. 아이의 울음을 듣지 않기 위해 부모는 서둘러 현관문을 닫았다.

아이들을 대피시키거나 집 안에 숨기는 부모들도 있었다. 발각될 경우, 부모도 처벌받았다. 집을 떠나 달아난 아이들도 있었다. 하지만 멀리 가지 못했다. 아이들은 달아나는 데도, 숨는 데도 서툴렀다. 대부분 기꺼이 아이를 내놓았다. 발작을 일으킨 아이가 가장 먼저 죽이는 이는 부모였다.

체포

렌과 조는 7번 국도에서 붙잡혔다. 집을 떠난 지 두 시간 만이었다. 조의 예상보다 훨씬 빨랐고 렌은 그보다 빨리 잡히리라고 생각했다. 엄마는 도대체 어디로 가려고 했던 걸까? 갑자기 미쳐 돌아가기 시작한 세상에 숨을 곳은 없었다.

조와 렌은 경찰의 지시대로 두 손을 머리 뒤에 올리고 차에서 내렸다.

"좋은 직장 다니시네."

경찰이 조의 아이디 카드를 조회하고는 말했다.

"박사님 같은 분이 이러시면 안 되죠."

조는 아무 반응도 보이지 않는다.

렌은 엄마를 더 말리지 않은 것을 후회했다. 그랬다면 엄마까지 이런 꼴을 당하지는 않았을 텐데. 하지만 렌은 알았다. 어떤 말로도 엄마를 설득하는 건 불가능했다. 한편으론 엄마 말대로 함께 도망치고 싶었다. 아무도 찾지 못할 곳으로.

"훌륭한 아드님을 두셨더군요. 물론 아드님의 제보가 없었다 해도 우린 우리 일을 했겠지만. 그러라고 월급을 받는 거니까요."

조의 표정이 무너진다. 가이가 신고를 했다. 제 동생을 잡아가 달라고. 소집 대상 나이를 간신히 넘기자마자. 가이는 일주일 전에 스무 살 생일을 맞았다.

며칠 전 떠나겠다고 결정한 뒤 조는 가이에게도 함께 가자고 했다. 가이는 내가 왜? 하는 표정으로 뜨악해했다. 이내 가이는 조의 얼굴을 살피고 말했다. 누구라도 하나는 남아서 집을 지켜야 하지 않아, 엄마? 그러고는 몇 년 전 전교 회장 선거에 나갔을 때처럼 하얀 치아를 드러내며 미소 지었다. 누구라도 호감 가질 만한 미소였다. 조는 아들의 웃는 얼굴을 좋아했지만 종종 불안을 느꼈다. 너무 완벽한 미소였다. 마치 만들어 내기라도 한 듯.

"어디로 가려고?"

가이가 물었다.

일단은 사람이 없는 곳으로. D 지구의 호수 주변 호텔에 방 하나를 일주일 동안 예약했다. 하지만 그곳에 가진 않는다. 경찰은 조의 아이디 카드로 예약한 기록을 금세 알아내고 추격할 것이다. 경찰이 숙소를 수색하는 동안 시간을 벌 수 있다. 그 틈에 더 멀고 깊은 곳으로 간다. 차에 침낭과 비상식량을 싣고 기름도 가득 채웠다. 인적 없는 곳에서 휴대폰도 아이디 카드도 쓰지 않고 숨어 지낼 작정이었다. 오래 버티지는 못할 것이다. 그다음은 어디로 가야 할지 모른다. 우선은 사태가 진정되길 기다릴 셈이었다. 어딘지도 모를 곳에 렌을 보낼 순 없다.

"곧 돌아올 거야."

조의 말에 가이는 미소를 지으며 그러시겠죠, 라고 중얼거렸다.

"캠핑 잘해, 꼬맹이."

현관문을 나서는 렌에게 가이가 말했다. 렌은 대꾸하지 않았다.

어렸을 때 오빠는 렌을 꼬맹이라고 불렀다. 렌이 그렇게 불리는 걸 싫어했기 때문이다. 귀여워서 부르는 애칭이 아니었다. 오빠는 늘 렌이 가진 것들을 망가뜨렸다. 블록으로 쌓은 성과 종이로 접은 이구아나와 코끼리, 유치원 가방과 옷, 노란 우산과 모자. 부수고 찢고 몰래 버렸다. 렌은 배가 찢겨서 솜이 튀어나온 곰 인형을 안고 울었다. 블록 조각을 모으며 울고 조금 전까지 코끼리였던 종잇조각을 주우며 울었다. 그런데 어느 순간부터 오빠는 렌을 괴롭히는 대신 마치 투명 인간인 양 철저히 무시했다. 렌이 울지 않게 된 다음부터였다. 서로에게 신경 쓰지 않고 거리를 두고 지내는 편이 렌은 좋았다. 그런데 아니었다. 오빠는 뒤통수를 노리고 있었던 모양이다. 이런 순간을 기다리며.

철컥. 쇳소리와 함께 렌의 손목에 수갑이 채워진다.

"왜 애한테 수갑을 채우는 거예요? 걔가 범죄자라도 돼요?"

조가 흥분해서 따졌다.

"걱정 마세요, 박사님. 여기 하나 더 있어요."

경찰은 미란다 원칙을 중얼거리며 조의 손목에도 수갑을 채웠다.

"왜 엄마에게 수갑을 채우는 거예요? 나만 잡아가면 되잖아요!"

렌이 발버둥 치며 악을 썼다.

"시끄러워, 꼬마야. 범죄자 은닉 및 도주 협조는 위법이야."

경찰이 몸부림치는 렌을 제압해 차로 밀어붙였다.

"내 아이는 범죄자가 아니에요."

조가 소리쳤다.

"그럼 왜 도망치셨어요, 박사님?"

태워,라는 경찰의 말에 다른 경찰 두 명이 조와 렌을 끌고 갔다. 조는 경찰차로, 렌은 버스로 데려간다. 끌려가지 않으려고 버티지만 소용없다.

목이 터지게 서로를 부르며 조와 렌은 멀어진다. 엄마가 길바닥에 푹 쓰러져 질질 끌려가는 걸 본 렌은 온몸이 와들와들 떨린다. 필사적으로 팔다리를 버둥거리며 발악하듯 엄마를 부른다. 마치 발작을 일으킨 듯.

그 순간 렌은 목덜미에 불이 붙은 것 같다. 눈앞이 흐려진다. 그리고 완전한 암흑이다. 렌은 짐짝처럼 버스 안에 내던져진다.

축배

가이는 냉장고에서 비싸 보이는 와인 한 병을 꺼냈다. 축배가
필요한 밤이다.

허공을 향해 건배하듯 와인 잔을 들어 올린 뒤 한 모금 들이킨
다. 시큼한 액체가 목구멍을 타고 내려가자 저절로 얼굴이 찌푸
려진다. 술은 질색이다. 호기심으로 마셔 본 적은 있지만 아무래
도 좋아지지 않는다. 하지만 오늘 밤은 좀 마시고 싶다. 기쁘거나
축하할 일이 생기면 사람들은 한잔 마시고 취하는 법이니까.

당분간 엄마는 돌아오지 않을 것이다. 그 계집애는 더 오랫동안
돌아오지 못한다. 어쩌면 영영. 제발 다시는 보고 싶지 않다. 모든
게 다 그 애 때문이었다. 그 애가 나타나면서부터 다 엉망이 되었
다. 더러운 늪지 출신.

가이는 어릴 때부터 매우 영리했다. 기억력도 비상했다. 어렸을

적 일도 비교적 소상히 기억했는데 그중 어느 하루의 일은 매우 또렷하게 남아 있다.

엄마는 가이를 차에 태우고 한참을 달렸다. 주말이면 종종 떠나는 나들이를 무척 좋아했지만 그날 가이는 기분이 별로였다. 너무 아침 일찍 일어났고 아빠 없이 외출했기 때문이다. 게다가 오래 차를 타서 멀미도 났다. 잠들었다 일어나니 도착한 곳은 공원도 캠핑장도 아니었다. 매우 더럽다는 게 그곳의 첫인상이었다.

물 위에 작고 허름한 나무집들이 다닥다닥 붙어 있는 이상한 마을이었다. 커다란 가방을 어깨에 멘 엄마는 가이의 손을 잡고 마을로 들어갔다. 사방에서 야릇한 냄새가 풍겨 참기 힘들었다. 탁한 물가에 뭔지 모를 것들이 고여 있었다. 물 위의 집 중 하나로 엄마는 들어갔다. 마치 잘 아는 곳인 듯 거침없었다.

어둑하고 지저분한 집. 실제로는 그다지 어둡거나 지저분하지 않았을지 모르지만 가이는 그렇게 느꼈다. 집 안의 작은 침대와 옷장, 나무 탁자와 의자 모두 낡고 누추했다. 벽과 천장에는 마른 나뭇가지와 풀이 주렁주렁 걸려 있었다. 그늘 속에 나이 든 여자와 어린애 하나가 앉아 있었다. 그들은 말없이 손님을 바라보았다. 그들을 보자 기묘한 기분이 들었다. 미끌미끌한 물고기 몸통이 손가락 사이로 빠져나가는 듯한 느낌이었다.

가이는 저도 모르게 엄마 뒤로 숨었다. 발을 내딛자 바닥이 삐걱이고 집은 금방이라도 무너질 듯이 흔들렸다. 바닥의 나무판자

틈 사이로 출렁이는 물이 내려다보였다. 물은 검고 한없이 깊었다. 그대로 물속으로 빨려 들어갈 것 같았다. 그 순간 가이는 쓰러져 기절했다. 눈을 떠 보니 집으로 돌아가는 차 안이었다.

가이는 그날의 일이 꿈이라고 생각하기도 했다. 엄마를 도와 기절한 자신을 침대에 눕히던 여자의 메마른 손, 물에 적신 수건이 이마에 닿던 차가운 감촉, 집에서 풍겨 오던 비릿한 냄새, 엄마와 여자가 조용히 나누던 말소리, 구석에서 자신을 물끄러미 바라보던 작은 아이. 아이의 허름한 티셔츠와 짧은 바지 아래로 드러난 팔과 다리는 여위었고 진흙이 말라붙은 피부가 까무잡잡했다. 그리고 그 눈.

아이의 눈은 양쪽 색이 달랐다. 한쪽은 갈색이고 한쪽은 진녹색이었다. 어째서인지 그것이 못 견디게 무서웠다. 종종 꿈도 꿨다. 하지만 그날 아무 일도 없었다. 물 위의 집은 고요했고 공기는 시원하고 평화로웠다. 그런데도 꿈에서 그 집과 아이를 보면 가위에 눌리다 깨곤 했다.

어째서 엄마는 그런 곳에 데려갔을까. 그곳은 대체 어디였을까. 그 사람들은 누구였을까.

한번은 엄마에게 물어본 적 있었다. 엄마는 그곳이 늪지고, 거기서 만난 사람들은 엄마의 친구이며, 그곳에 간 일은 둘만의 비밀로 하자고 했다. 가이는 엄마와 손가락을 걸며 약속했지만 엄마가 거짓말한다고 생각했다. 그들이 엄마의 친구일 리 없었다.

그리고 아빠에게 말하지 말라는 뜻임을 알았다. 어쨌든 약속은 지켰다. 엄마를 위해서는 아니었다. 엄마와 아빠가 싸우는 게 싫어서였다. 시간이 지나자 더는 그곳의 꿈을 꾸지 않게 되었다. 그렇다고 잊어버린 건 아니었다.

그로부터 몇 년 뒤 어느 날의 기억은 여전히 생생하다. 엄마가 현관문 밖에 놓인 상자를 안고 들어왔다. 나무 상자 속에는 작은 아이가 이불에 싸여 잠들어 있었다. 놀란 가이가 멍하니 지켜보는 동안 엄마는 아이를 깨우지 않기 위해 조용히 아이와 상자 속을 살폈다. 몸집이 매우 작긴 했지만 젖먹이는 아니었다. 엄마는 혹시나 하고 찾던 것을 발견하지 못했다. 버리고 가는 사람이 단서를 남겨 놓을 리 없었다. 마침내 아이가 눈을 뜨자 엄마는 작은 신음을 냈다.

아이의 한쪽 눈은 진한 갈색이었다. 그리고 나머지 한쪽은 진녹색이었다. 가이는 그 눈을 보자마자 알 수 있었다. 평생 이 아이를 싫어하게 될 것을.

갑자기 왜앵, 하는 소리가 났다. 고양이다. 울며 가까이 오지는 않는다. 배가 고픈 모양이다. 아니면 제 똥을 치워 달라는 거겠지. 귀찮은 녀석. 어느 것도 해 줄 생각 없다. 저놈도 주워 왔다.

가이가 고양이를 향해 다가간다. 고양이가 후다닥 도망친다. 부엌 찬장을 뒤져 고양이 간식을 찾아 손에 들고 내민다. 고양이가 망설인다. 가이는 문득 고양이의 양쪽 눈 색이 다르다는 걸 깨닫는다. 초록색과 갈색. 그 계집애와 똑같다. 소름 끼치는 눈.

그래서 아빠가 집을 떠난 거다. 그 애가 집에 들어오던 날부터 하루도 빼놓지 않고 부모님은 싸웠다. 하지만 사실 그전부터 눈치채고 있었다. 엄마와 아빠가 언젠가 헤어지리라는 걸. 아빠가 떠난 뒤에 엄마는 주워 온 새끼 고양이를 품듯 그 애만 싸고돌았다. 우리 렌, 내 딸. 그 꼬맹이가 할 줄 아는 건 질질 짜는 것뿐이었는데. 불쌍함을 무기로 삼는 교활한 아이라는 걸 엄마는 몰랐다. 엄마가 속은 거야. 짝눈, 더러운 늪지 출신.

가이가 현관문을 열어젖힌 뒤 고양이를 몰기 시작한다. 고양이는 왜애애앵 울며 가이를 피해 부엌으로 달아난다. 이리저리 날뛰던 고양이가 싱크대 아래로 기어들어 간다. 가이는 싱크대 밑으로 손을 집어넣는다. 왜앵. 가이가 욕을 내뱉는다. 고양이 발톱에 긁혀 손등에 피가 맺혔다. 주인도 몰라보는 놈. 화가 나 돌아버릴 것 같다. 가이는 빗자루로 싱크대 밑을 사정없이 쑤셨다. 왜애애앵, 고양이가 울며 부엌을 빠져나가 열린 현관문을 향해 달린다.

고양이가 나가자마자 가이는 현관문을 쾅 닫는다. 처음부터 이랬어야 했다. 길에서 뭘 함부로 주워 오는 게 아니다. 가이는 남은 와인을 마시기 위해 소파로 돌아왔다. 와인 병은 바닥에 떨어져 박살이 났고 바닥에 번진 검붉은 와인은 마치 피처럼 보인다.

그네

아술값을 준 뒤 턱이 두툼한 상인은 다른 때와 달리 나기의 얼굴을 유심히 들여다본다. 나기는 슬쩍 후드를 눌러썼다.

"또 올 거냐?"

상인이 왜 묻는지 궁금했다. 다른 거래처라도 생긴 걸까.

아술 나무는 늪지를 둘러싼 숲 어귀에만 번식했고 마을에서 아술을 따는 이는 나기와 할머니뿐이다. 아술을 팔겠다고 도시를 찾은 멍청이는 수이 말고는 없었는데. 무모할 만큼 멍청하고 끝내주게 재밌던 수이.

도시와 늪지 사이에는 벽이 놓여 있다. 오직 새들만 넘나드는 높고 단단한, 보이지 않는 벽. 할머니 말로는 아주 오래전부터였다. 할머니는 늪지에서 태어나 단 한 번도 늪지를 떠난 적 없다. 늪지에서 도시까지는 고물 오토바이로 부지런히 달리면 반나절 남짓 걸린다. 멀지만 가자고 마음먹으면 못 갈 것도 없다. 거리의 문제가 아니다. 다만 벗어나지 않을 뿐이다. 늪지에 깊숙이 뿌리 박은 갈대처럼.

한번은 할머니에게 왜 늪지에 살게 됐냐고 물은 적 있다.

"그러게. 내가 엄마 뱃속에 있을 때 어디에서 태어나고 싶다고 말하는 걸 까먹었지 뭐냐."

할머니는 분주히 약초를 손질하며 고개도 들지 않고 말했다.

놀란 나기가 물었다.

"할머니도 엄마가 있어?"

"그럼 알에서 태어났겠냐?"

어린 나기는 궁금한 게 많았다. 새는 날 수 있는데 물고기는 왜 날지 못하는지, 닭은 날개가 있는데 왜 높이 날지 못하는지, 양은 왜 사슴처럼 빨리 뛰지 못하는지. 그때마다 할머니는 대답했다. 그렇게 태어난 걸 어쩌겠니. 나기는 여전히 궁금했다. 왜 그렇게 태어난 걸까. 어째서 누구는 늪지에 살고 누구는 도시에 사는가. 그렇게 정한 이는 누군가.

늪지는 지겹고 지루하다. 아무것도 없고 아무 일도 일어나지 않는다. 햄버거도 자동차도 없고 보이는 거라곤 거대한 쓰레기 산과 고인 물뿐이다. 도시엔 없는 게 없다. 뭐든 할 수 있다. 그 망할 놈의 아이디 카드만 있다면.

아이디 카드 없이 도시에선 아무것도 못 했다. 버스나 지하철을 탈 수도 없고, 햄버거 하나 못 사 먹는다. 은행 계좌를 만드는 것도, 직장을 구하는 것도 불가능하다. 늪지 사람들에게는 아이디 카드가 발급되지 않는다. 그래서 나기는 거금을 주고 아이디 카드를 구했다. 아마 아이디 카드의 주인은 이 세상에 없을 것이다. 실종되었거나 아무도 모르게 죽었거나. 어디에도 없는 존재. 유령이나 마찬가지다. 도시인들에게 늪지는 그런 곳이었다. 쓰레기장 너머 존재하지만 존재하지 않는 곳.

"몇 살이냐? 열다섯? 열여섯? 스무 살은 안 됐지?"

남의 나이는 알아서 뭐에 쓰려고. 나기는 상인을 쏘아봤다.

"늪지 출신이라고 봐주진 않을 거다. 소집돼도 여기 일은 절대 불면 안 돼. 네가 팔러 다니는 걸 경찰들이 무지 싫어하는 건 알지? 아무튼 너랑 나는 모르는 사이야. 만난 적도 없는 거야. 알았냐?"

나기는 고개만 까닥해 보였다.

"그런데 소집된다는 게 무슨 말이야?"

허, 하고 상인은 기가 찬다는 표정을 지었다.

"거기선 뉴스도 안 보냐?"

나기가 잠자코 있자 상인은 고개를 절레절레 흔들며 말했다.

"애들을 죄다 잡아간다. 열세 살부터 열아홉 살까지."

"왜?"

"악마 새끼처럼 변해서 사람을 막 죽이거든."

"애들이 어른을 죽여?"

"어른도 죽이고 애들도 죽이지."

"왜?"

"난들 아냐. 애들은 원래 좀 미쳐 있지 않나."

"어디로 잡아가는데?"

"병원이라는데 잘은 몰라."

더 묻지 않고 나기는 자리를 떴다.

나기는 늘 그랬듯이 바로 햄버거 가게로 갔다. 하얀 벽과 바닥, 예쁘지만 불편한 초록색과 노란색 플라스틱 의자, 요란한 음악소리. 가게 안은 평소와 같다. 하지만 뭔가 다르다. 아이들이 하나도 안 보인다.

구석에 앉은 남자 둘이 자신을 주시하는 걸 나기는 눈치챘다. 느긋하게 커피를 마시던 노년의 여자가 나기를 보더니 허둥지둥 자리에서 일어나 가게를 나갔다. 나기는 후드를 푹 눌러썼다. 평소와 달리 햄버거가 든 봉투를 받아 들고 바로 가게에서 나왔다.

잠시 걸어 근처 놀이터로 갔다. 나무 아래 벤치에 앉아 햄버거를 먹기 시작했다. 놀이터가 조용하다. 평소에도 노는 애들이 별로 없긴 했지만 이렇게 텅 빈 적은 처음이다. 서너 입 만에 햄버거가 사라진다. 빈 봉지를 구겨 휴지통에 버린 뒤 나기는 미끄럼틀 앞에 섰다. 한때는 선명한 붉은색이었을 칙칙한 삼각 지붕 집에 사방으로 계단과 부드러운 곡선의 미끄럼판이 연결돼 있다. 나기는 계단으로 올라가 작은 집 안에 앉아 미끄럼판 위로 다리를 길게 뻗어 본다.

나기는 아이들이 그랬던 것처럼 엉거주춤 미끄럼판 위로 엉덩이를 내민다. 어어어. 엉겁결에 미끄럼판을 타고 쑥 내려간다. 순식간이었다. 얼떨떨하면서도 왠지 흥분됐다. 몇 번 더 미끄럼을 탔다. 그네 위에도 앉아 봤다. 발을 구르자 그네는 나기를 하늘로 데려간다. 나기는 저도 모르게 입을 활짝 벌리고 웃는다. 이런 거구나. 이런 느낌이었어.

미끄럼틀과 그네와 시소. 본 적은 있지만 타 보기는 처음이었다. 그것들을 나기가 처음 본 건 그림책에서였다. 단어와 그림으로만 존재하던 것들이 살아 움직인다. 살아 있는 건 아니지만 나기는 거의 그렇게 느낀다.

그림책

　어린 나기의 세계는 어둠과 희미한 빛, 그리고 소리로 이루어져 있었다. 새 우는 소리, 나뭇잎이 손바닥을 마주치는 소리, 바람이 갈대 사이를 달리는 소리, 바람에 조용히 퍼지는 물결과 물속에서 솟아나는 물방울 소리, 수면 아래 물고기가 헤엄치는 소리, 아이들의 웃음소리, 암탉과 병아리가 모이를 쪼는 소리, 일제히 우는 개구리와 비를 부르는 소란한 기척, 후드득 떨어지다 쏟아붓는 빗소리, 늪지 가득 피어난 부연 안개가 머리를 흔들며 달려오는 서늘하고 눅진한 소리. 그 속에서 할머니 목소리가 들려온다. 낮고 부드럽지만 강한 목소리.

　"뭐가 보이지?"

　할머니가 물었다.

　"촌장님네 염소가 자꾸만 물에 들어가려고 해."

본 건 아니다. 촌장의 집은 나기네 집에서 멀리 떨어진 마을 입구에 있었다. 하지만 눈앞에 있듯 선명하다. 나기는 귀가 밝았다. 눈이 순하고 하얀 등에 연갈색 털이 점점이 박힌 새끼 염소는 엄마가 말리는데도 자꾸만 물속에 발을 담근다. 어린 염소는 물을 처음 봤다. 뭐가 위험한지, 무엇을 피해야 할지, 어떤 풀은 먹어도 좋은지 새끼 염소는 배워야 한다. 나기도 그런 식으로 배웠다.

배워야 할 게 아주 많았다. 낚시 드리우는 법, 그물 꿰매기, 물고기 손질하는 법, 모내기와 김매기, 추수와 탈곡, 나무 열매 따는 법, 먹을 수 있는 버섯과 독버섯을 구별하는 법 등. 마을 아이들은 어릴 적부터 그런 것들을 익혔다. 나기는 아무도 가르쳐 주지 않은 것들도 배웠다. 그중에는 쓸모를 모를 것들도 있었다. 그 여자는 글을 가르쳐 주었다. 나기가 아주 어릴 때였다.

언제 처음 여자를 만났는지는 기억나지 않는다. 여자는 가끔 마을에 나타났다. 도시에서 왔다고 했다. 어린 나기는 도시에 대해 들어 본 적 있었지만 잘 알진 못했다. 애들 말로 도시에는 사람이 아주 많이 살고 무척 더러워 쓰레기 천지라고 했다. 도시 사람들은 넘치는 쓰레기를 늪지에 버리고 갔다. 그렇게 쌓인 어마어마한 쓰레기 산이 늪지 입구에 있었다. 쓰레기장 너머 어딘가, 안개에 싸여 희미한 그림자만 보이는 산처럼 도시는 어렴풋한 곳이었다. 마을 사람들은 여자를 반기지도 내쫓지도 않았다. 호기심 가득한 눈으로 아이들이 여자를 졸졸 따라다녔다.

언제부턴가 여자가 나기의 집에 찾아와 머물다 갔다. 어린 나기는 집에 손님이 오는 게 좋았다. 들떠서 괜히 여자 주위를 맴돌았다.

한번은 나기가 여자에게 물었다.

"박사님이 뭐예요?"

할머니가 여자를 박사님이라고 불렀기 때문이다.

여자는 잠시 나기의 눈을 들여다본 뒤 대답했다.

"뭔가를 지독히 좋아하는 사람이야."

"뭘 좋아하는데요?"

"상상한 걸 실제로 만들어 내길 좋아해."

"난 무지개 새우를 좋아해요."

"예쁜 이름이네."

"맛있어요."

여자가 웃었다. 나기는 왠지 가슴이 두근거렸다.

어느 날 박사가 나기에게 선물을 가져왔다. 그림책이었다.

그림책 속 토끼와 다람쥐, 고양이와 강아지를 보고 나기는 한밤에 볼을 부풀리며 우는 두꺼비처럼 웃었다. 진짜 고양이와 강아지랑 딴판이었다. 박사는 책장을 넘기며 이야기를 들려줬다. 나기는 정신없이 빠져들었다. 토끼는 무서워서 미끄럼을 타지 못하고 다람쥐는 그네를 타고 싶지만 어떻게 타는지 몰랐는데, 서로 도와 함께 미끄럼과 그네를 탈 수 있게 됐고 고양이와 강아지가 와서 모두 같이 시소를 탔다는 이야기였다. 다 책에 쓰여 있다고 했다. 나기는 박사가 해 준 이야기를 기억해 두었다가 책을 넘기며 소리 내어 말해 보았다. 박사가 들려줄 때보다는 영 재미가 덜했지만 그렇다고 아주 재미없진 않았다. 나기는 책 읽기를 좋아하게 됐다. 개구리 잡기보다 더 재미있었다.

박사는 올 때마다 책을 가져와서 읽어 줬고 나기는 어느덧 글을 익혔다. 나기가 책을 읽을 수 있게 되자 박사는 기뻐했다. 할머니는 싫다 좋다 내색하지 않았다. 박사가 나기에게 준 책은 모두 열여섯 권이었다. 열일곱 번째 책을 기다렸지만 박사는 더는 오지 않았다. 왜 박사가 오지 않느냐고 할머니에게 물어봤다. 올 일이 없나 보지. 할머니는 무심하게 말했다. 나기는 매일 마을 입구에 가서 기다렸다. 박사가 또 온다고 약속했기 때문이다. 그러나 그 뒤로 박사를 다시 볼 수 없었다.

지금도 나기는 그 책들을 소중하게 간직하고 있다. 미끄럼틀과 그네와 시소, 텔레비전과 라디오, 버스와 자동차, 우주선과 외계인, 마법사와 마법 지팡이, 공주와 왕자, 용과 화산, 바다와 인어 같은 것들을 책을 통해 알았다. 나기는 박사가 왜 마을에 왔는지 궁금했다. 그리고 박사가 할머니와 무슨 이야기를 나누었는지도 궁금했다. 박사와 할머니는 늘 조용히 대화했으며 그 둘의 이야기는 나기의 귀에 들리지 않았다. 책에 폭 빠져 있었기 때문이다. 박사에 대한 나기의 수많은 질문에 할머니는 너처럼 그 사람도 궁금한 게 참 많았다고만 말했다. 혼자 그림책을 읽으며 나기는 종종 박사를 생각했다. 그리고 박사가 온 도시라는 곳이 궁금해졌다.

나기는 놀이터에서 나와 바삐 걸었다. 거리가 한산했다. 교복 입은 아이들이 하나도 보이지 않았다. 턱이 두툼한 상인의 말이 떠올랐다. 소집이니 악마니, 다 무슨 소리인지. 농담이었나. 도시 사람들의 말은 알다가도 모르겠다. 도시 사람들은 전혀 우습지 않은데도 낄낄거렸고 정색하고 농담을 했고 친절한 얼굴로 속였다.

도시 사람은 아무도 믿어서는 안 된다. 박사도 그런 사람일까? 친절한 얼굴로 속이는 사람. 그렇지만 박사가 나를 속여서 얻어 낼 게 뭐람. 도시에 올 때마다 혹시 박사를 만날 수 있을지도 모른다고 생각했다. 만나도 알아볼 자신은 없다. 마지막으로 본 게 아주 오래전이다. 얼굴도 가물가물하다. 그러나 낮고 부드러운 목소리와 책에 쓰인 글씨를 짚어 주던 하얀 손가락과 깨끗한 손톱은 또렷이 기억한다.

"학생!"

뒤에서 누군가 외치는 소리가 들렸다. 나기는 무시하고 걷는다. 나기를 부를 사람은 도시에 아무도 없었다. 게다가 학생도 아니고. 그런데 갑자기 누가 팔을 꽉 붙든다. 나기는 고개를 돌려 쳐다봤다. 경찰. 가슴이 철렁했다. 경찰이 나기에게 아이디 카드를 보여 달라고 요구했다.

달아나야 한다. 나기는 본능적으로 안다. 그래서 그렇게 한다.

불시의 가격에 놀란 경찰관이 엉겁결에 나기의 팔을 놓쳤다. 나기는 달리기 시작한다. 뒤에서 경찰이 뒤쫓아 온다. 나기는 빨랐다. 하지만 경찰이 더 빠르다.

버스

기분 좋은 흔들림. 렌은 차 안에서 깜빡 잠들었다.

"렌, 다 왔다. 일어나."

엄마 목소리. 렌은 눈을 떠 창밖을 내다본다. 컴컴하다. 불빛 하나 없다. 차 안도 어둡다. 차창에 렌의 얼굴이 희미하게 비친다. 다 왔어, 엄마? 여기 어디야?

그러다 깨닫는다. 버스 안이다.

천천히 하나씩 떠오른다. 도망, 경찰, 체포. 머리가 깨질 듯 아프다.

"깼냐?"

렌은 누군가에게 기대어 있었다.

"아, 미안."

렌이 등을 세우며 말했다.

"괜찮아."

옆자리 아이가 말한다. 처음 보는 애다.

렌은 고개를 통로로 내밀어 재빨리 버스 안을 훑어본다. 어둑해서 잘 보이지 않지만 의자마다 아이들이 빼곡하다. 소집된 아이들. 다들 몸을 빼앗긴 그림자처럼 우두커니 앉아 있다.

"괜찮냐?"

옆자리 애가 묻는다. 여전히 머리가 아프지만 렌은 고개를 끄덕인다.

"아깐 너 죽는 줄 알았다. 진짜 총에 맞은 줄 알았거든. 마취총인가, 그런 걸 쏜 거지?"

"그랬나 봐."

"너, 도망쳤지? 엄마랑?"

"우리 엄마 봤어?"

"아니, 네가 엄마 부르는 소릴 들었어."

엄마. 눈앞이 부예진다.

"우리 엄마는 날 곱게 바쳤는데. 며칠 전부터 내 가방도 싸 놓고. 초콜릿 먹을래?"

사양하기도 전에 렌의 손에 초콜릿 하나가 쥐어 있었다. 옆자리 애가 재빨리 포장지를 벗기더니 초콜릿을 입에 넣는다.

"경찰을 꼭 손님이라도 온 듯 반기더라니까. 웬만하면 순순히 따라가려고 했는데 그걸 보니 확 돌더라고. 그래서 도망치려다가 한판 붙었지. 하, 그런데 경찰들이 총을 겨누더라. 진짜인지는 몰라도 아무튼 총을 들이대니까 힘이 쫙 빠지대. 그걸 보고 동생이 우는 거야. 우리 집에서 머리가 제대로 돌아가는 건 동생뿐이야. 어찌나 서럽게 우는지 나도 울 뻔했다니까. 동생한테는 장난이라고, 아저씨는 스쿨버스 기사고 언니는 학교 간다며 빠이빠이 하고 얌전히 따라나섰지. 참, 난 위령이야. 너는?"

"렌."

"이런 말 하기 애매한 상황이지만 만나서 반갑다."

위령이 손을 티셔츠에 쓱쓱 닦고 내밀었다. 위령의 손은 부드럽고 따뜻했다.

"우리 어디로 가는 거야?"

"모르긴 해도 천국은 아닌 것 같다."

정부가 발표한 대로라면 목적지는 병원일 것이다. 창밖이 어두운 걸 보니 한참을 달린 듯했다. 병원이 이렇게 멀리 있는지 몰랐다. 위령의 말이 맞다. 군용차가 천국에 데려다줄 리 없다.

"저기요."

뒤쪽에서 누군가 외쳤다.

"화장실 가고 싶은데요."

앞좌석에서 군인이 일어났다. 차 안의 불이 켜진다. 충분히 밝지는 않지만 군인이 원하는 밝기인 것 같다. 군인은 목소리의 주인공을 찾으려는 듯 버스 안을 둘러보더니 말한다.

"여기 화장실이 있는 것 같나?"

아무도 대답하지 않는다.

"너희는 지금 버스 타고 놀러 가는 게 아니다. 그것까지 내가 설명해 줘야 하나?"

낄낄거리는 소리가 앞좌석에서 났다. 또 다른 군인이다. 그리고 나자 차 안은 쥐 죽은 듯 고요해졌다.

위령이 기가 막힌다는 얼굴로 손가락을 제 머리에 대고 빙빙 돌렸다. 렌은 몹시 놀랐다. 군인의 말과 태도는 분명 위협적이었다. 마치 아이들이 죄인이라도 된 듯. 뒤쪽에서 훌쩍이는 소리가 작게 들려온다. 우리는 소집된 것뿐이지, 체포당한 게 아니잖아. 렌은 화가 치밀었다. 하지만 생각해 보니 자신의 경우는 체포 비슷하긴 했다.

위령은 조용히 그리고 부지런히 초콜릿을 까서 입에 넣었다. 마치 다시는 먹을 수 없을 것처럼. 버스 안에 긴장감이 감돈다. 아이들은 희미하게 불안을 느낀다. 버스는 쉬지 않고 어둠 속을 달린다.

지시

버스가 멈춘다. 버스 안이 갑자기 환해졌다. 아이들이 눈을 비비며 어리둥절한 표정으로 두리번거린다.

"질서 있게 내린다. 발이 왜 달렸는지는 알겠지? 제 발로 내릴 줄 모르는 놈은 내가 도와줄 수도 있다."

군인이 소리치며 곤봉을 머리 위로 흔든다.

머저리. 위령이 작은 소리로 내뱉었다. 더한 욕도 했는데 렌의 귀에는 잘 들리지 않는다. 렌은 긴장했다. 머저리가 시킨 대로 아이들은 차례차례 버스에서 내린다.

버스에서 내리자 널찍한 마당이다. 학교 운동장보다 훨씬 넓다. 어둠 속에 희미하게 불 밝힌 건물이 몇 채 서 있다. 건물은 커다란 창고처럼 보인다. 그동안 봐 왔던 병원과 사뭇 다른 모습이다. 건물과 운동장을 높은 벽이 에워싸고 있다. 벽의 윗부분이 달빛에 차갑게 빛난다. 눈앞에 이십여 명의 군인들이 마치 동상처럼 서 있다. 왠지 모를 두려움으로 렌의 몸이 떨린다.

버스에서 내린 서른 명 정도 아이들과 함께 렌은 다음 지시를 기다린다. 지시 없이는 무엇도 할 수 없다는 것을 터득했다. 지시가 내려진다. 아이들은 여자와 남자로 나뉘어 줄을 섰다. 남자아이 줄이 먼저 움직인다. 군인들이 아이들을 따라 움직이자 절걱거리는 발소리가 난다. 앞서 걷는 한 아이의 바지 사이로 물이 흘러내린다. 렌은 못 본 척한다. 다른 아이들 역시 그랬다.

건물 안에 들어서자 눅눅한 공기 속에 희미하게 세제 냄새와 곰팡내가 풍긴다. 푸르스름한 조명이 건물 벽을 희뜩하게 비췄다. 페인트를 칠하지 않은 시멘트벽과 높은 천장. 드러난 철골을 휘감고 있는 전선. 건물 안은 황량했다. 오랫동안 방치한 곳 같다.

하얀 가운 차림에 위생모를 쓰고 마스크로 얼굴을 감싼 사람들이 나타났다. 간호사인 듯했다. 흰 가운들이 아이들을 문 안으로 들여보낸다. 철제 선반으로 둘러싸인 방이다. 상자가 하나씩 주어지고 지시대로 아이들은 가지고 온 가방과 소지품을 그 안에 담는다. 렌은 아무것도 내놓을 게 없다. 가방은 엄마의 차 안에 남아 있다. 갈아입을 옷과 고심해서 고른 책 두 권과 다이어리, 그리고 좋아하는 젤리와 쿠키. 마치 어디 놀러라도 가는 양 싼 짐이었다.

가방은 집으로 돌아갔을까. 엄마는 무사할까. 렌은 입술을 꽉 깨문다.

또다시 이어진 지시. 아이들은 옷을 벗기 시작한다. 부끄러워하며 다른 이의 몸을 보지 않으려 눈을 허공에 둔다. 수건과 칫솔을 각자 하나씩 받아 들고 지시대로 방에서 이어진 공동욕실로 들어간다. 적당한 간격을 두고 벽에 일렬로 달린 샤워기가 부르르 떨더니 차가운 물을 쏟아 낸다. 기습에 여기저기서 비명이 터진다. 찬물이 머리 위로 비수처럼 꽂힌다.

짧은 샤워가 끝나고 머리를 말릴 새도 없이 갈아입을 옷이 주어진다. 짙푸른색 셔츠와 바지. 몸집이 작은 렌에게는 자루처럼 헐렁하다.

"야, 나 어울리냐?"

위령이 렌에게 작은 목소리로 묻는다.

"안 어울려."

렌의 말에 위령이 씩 웃는다.

옷은 위령에게 터무니없이 작아 가까스로 단추를 채웠다. 크게 숨을 쉬면 금방이라도 단추가 튕겨 나갈 것 같다. 희미한 불빛 아래 푸른색 옷을 입은 아이들은 꼭 환자처럼 보인다.

머리에서 뚝뚝 물을 흘리며 줄지어 흰 가운을 따라 복도를 걷는다. 아이들 뒤로 군인 넷이 뒤따른다. 군인들은 총을 지녔다.

아이들은 길고 커다란 방으로 안내된다. 차가운 시멘트 바닥 가운데에 통로를 두고 벽에 머리를 붙인 매트리스가 나란히 놓여 있다. 매트리스에 앉아 있던 아이들이 미어캣처럼 일제히 신참들을 향해 고개를 돌린다. 경계하는 눈초리, 귀찮은 표정, 피로한 얼굴. 호기심 어린 눈이 가장 큰 환영 인사지만 그나마 몇 안 된다.

"새로 들어온 사람들을 위해 한 번 더 얘기하겠습니다. 취침은 밤 10시, 기상 시간은 7시입니다. 아침 8시, 정오, 저녁 6시에 식사가 제공됩니다. 화장실은 정해진 시간에만 갈 수 있습니다."

흰 가운 하나가 말한다. AI 같은 말투다.

렌은 사방을 둘러본다. 어디에도 시계는 보이지 않는다.

"저녁은요?"

누군가 묻는다. 렌과 함께 온 신참이다.

"내일 아침 식사를 하게 됩니다."

"우린 저녁 못 먹었어요."

"식사 시간은 정해져 있습니다. 저녁 시간은 끝났습니다."

"그런 게 어딨어요."

볼멘소리가 여기저기서 흘러나온다.

"여기가 병원이에요?"

누군가 큰 소리로 묻는다. 뒤쪽 벽에 기대어 팔짱을 끼고 선, 키가 큰 애다.

"이곳에서 치료를 받게 됩니다."

흰 가운이 대답했다.

"무슨 병원이 이래요? 너무 지저분해서 못 참겠어요. 방 옮겨주세요. 전 다른 사람이랑 같이 방 못 써요."

기다렸다는 듯이 다른 아이가 손을 들며 말한다.

"가방은요? 내 가방 줘요."

"퇴원할 때 돌려받을 겁니다."

흰 가운이 대답한다.

"필요한 게 들었다고요."

흰 가운은 아무것도 듣지 못한 것처럼 정면만 바라본다.

"그럼 휴대폰이라도 줘요. 왜 휴대폰까지 뺏는 거예요? 집에 전화해야 한단 말이에요!"

버스에 올라타기 전에 부모는 말했다. 무슨 일 생기면 바로 연락해. 지금이 바로 그때다. 아이들이 휴대폰을 돌려달라고 아우성쳤다.

"조용히 하십시오."

군인 하나가 윽박지른다. 나머지 군인 셋이 손을 총에 갖다 댄다. 일시에 조용해졌다. 숨소리도 멈춘다. 얼어붙은 듯 아이들은 멍하니 총을 바라본다.

신참들은 깨닫는다. 이젠 아무것도 갖지 못한다. 가방도, 휴대폰도, 집에서 챙겨 온 잠옷도, 따뜻한 저녁 식사와 푹신한 침대도, 잘 자라는 인사도 이곳엔 없다. 그 대신 지시와 복종, 위협과 체념이 있을 뿐이다. 그리고 아이들은 이 상황을 이해할 수 없다. 후텁지근한 날씨지만 렌은 한기를 느끼며 몸을 떤다. 머리카락에서 물방울이 떨어진다.

흰 가운이 새로 온 아이들에게 담요를 한 장씩 나눠 주고 방에서 나갔다. 수건과 칫솔, 담요. 이곳에서 가질 수 있는 몇 안 되는 개인 물품을 품에 안은 신참들이 오늘 밤 누울 잠자리를 찾는다.

"저기로 가자."

두리번거리는 렌의 손을 위령이 잡는다. 위령이 렌을 문가 빈 자리로 데려간다. 렌은 쓰러지듯 누웠다. 딱딱한 매트리스가 등에 배겼다. 잠시 뒤 사이렌 소리가 울린다. 취침 신호인가 보았다. 천장의 불은 꺼지지 않는다.

창백하게 푸르스름한 빛이 아이들을 비춘다. 렌은 눈을 감았다. 몹시 긴 하루였다. 아침에 집을 떠난 게 까마득한 옛일 같다. 온몸이 두들겨 맞은 양 쑤신다. 금방이라도 곯아떨어질 듯 피곤하지만 좀처럼 잠들지 못한다. 고개를 돌려 옆에 누운 위령을 바라본다. 손으로 눈을 가리고 있는 위령 역시 잠 못 이루는 것 같다. 렌은 담요를 머리끝까지 올렸다. 완전한 어둠은 아니다. 하지만 적어도 조금은 혼자인 기분이 든다. 담요 밖에서 울음소리가 들려온다.

"시끄러워. 여기 너 혼자 있는 것 같냐?"

누군가 고함친다.

울음소리가 잦아들긴 했지만 그치진 않았다. 아마도 담요를 뒤집어쓴 채 손으로 입을 틀어막고 있을 것이다. 나무라는 소리는 더 없었다. 그냥 울게 내버려두었다.

꿈인가. 렌은 이 모든 게 믿기지 않는다. 로라의 부드러운 털에 얼굴을 묻고 싶다. 둥근 머리에서 나는 구운 아몬드 냄새가 너무도 그립다. 로라는 오늘 밤 누구와 잠들었을까. 자려고 누우면 로라는 기다렸다는 듯이 침대 위로 훌쩍 뛰어올라 렌에게 몸을 붙이고 잤다. 따스하고 부드러운 내 작은 고양이. 늦게 퇴근한 엄마는 방문을 살짝 열고 조용히 렌의 방으로 들어오곤 했다. 잠에서 깨도 렌은 가만히 자는 척을 했다. 엄마는 곁에 잠시 앉아 있다 렌의 뺨과 로라를 살짝 쓰다듬고 나갔다. 문이 닫히고 복도의 불빛이 사라지면 그제야 안심하고 잠들었다. 렌은 어둠 속에서 엄마가 오길 기다렸다. 엄마는 어김없이 왔고 그것을 알면서도 기다렸다. 어쩌면 엄마가 오지 않는 날이 있으리라 생각했는지도 모른다.

울음소리가 그쳤다. 뒤척이는 소리도 없었다. 렌은 조용히 일어나 문손잡이를 돌려 본다. 예상대로였다. 문은 꿈쩍도 하지 않는다. 렌은 이불을 뒤집어쓰고 조용히 불러 본다. 엄마.

조는 잡힌 지 다섯 시간 만에 풀려났다. 경찰서를 나오니 주차장에서 강이 기다리고 있었다. 애써 짜증을 억누르고 있는 강의 얼굴을 보자 조는 강에게 연락한 것을 후회했다. 하지만 강 외에는 다른 사람이 떠오르지 않았다. 이렇게 빨리 조를 경찰서에서 빼내 줄 사람은 조의 주위에 강 말고는 없었다. 강은 조의 직장 동료이자 상사였다.

"집으로 갈 거지? 타."

평소라면 거절했겠지만, 조는 두말없이 강의 차에 올라탔다.

차가 부드럽게 달렸다. 늦은 밤이라 도로는 한적했다.

"고맙다는 말은 들은 걸로 하지."

강이 정면에 눈을 둔 채 말했다.

"고마워."

강이 아니었다면 경찰서에서 밤을 보내야 했을 터다. 조는 위법 행위를 저질렀으며, 요즘 분위기상 쉽게 풀려날 수 없었다. 소집 거부는 즉시 구속이었다. 강은 발이 넓었고 그의 영역에는 전화 한 통으로 해결해 줄 사람도 있었다.

"고마운 김에 하나 더 부탁할게."

"그 얘긴 못 들은 걸로 치겠어."

강은 조가 무슨 이야기를 할지 이미 알고 있다. 거절당했지만 그대로 물러날 수는 없다.

"애가 잡혀갔어."

강은 무표정한 얼굴로 차창 너머만 주시했다.

"마취총에 맞고 경찰에 끌려갔어. 죄인처럼 잡혀갔다고."

"위법 행위를 한 건 사실이잖아. 그리고 잡혀간 게 아니야. 소집됐지."

"애들을 그렇게 잡아 가둘 순 없어. 미친 짓이야."

"치료받을 거야."

"아무 문제 없는 애들도 끌려갔어."

"문제없다고 누구도 장담 못 해. 애들을 위한 거야."

"애들을 위해서라고? 내가 가이와 렌을 키우며 스스로 수없이 반문하고 자책하던 말이었지. 이게 애들을 위한 일인가. 그런데 당신은 참 쉽게 확신하네."

강이 눈썹 사이를 찡그렸다.

"일주일 전이었다면 가이도 끌려갔어. 알아?"

차가 급정거했다. 강은 신호가 바뀐 걸 미처 알아차리지 못했다. 건널목을 지나던 남자가 차를 향해 욕을 하고 갔다.

"가이가 끌려가게 내가 내버려뒀을 것 같아?"

강이 꾹꾹 누르듯 말했다. 이게 무슨 소리지. 조는 강의 얼굴을 뚫어지게 바라보았다. 강은 신호등만 노려본다.

조는 강을 잘 안다고 생각했다. 두 사람은 한 직장에서 이십 년 넘게 함께 일했다. 그 전에 둘은 같은 학교, 같은 연구실에서 공부한 친구였다.

학교에서도 강은 눈에 띄는 존재였다. 탁월한 재능과 실력으로 촉망받는 학생이었다. 자신감이 넘쳤고 그런 태도가 매우 자연스러워 보였다. 강은 행성과 위성을 거느린 빛나는 태양처럼 주위에 사람들을 잔뜩 이끌고 다녔고 조는 그 궤도에서 멀찌감치 떨어져 있었다. 조는 늘 도서관과 실험실에 틀어박혀 있었다.

조가 강과 가까워진 건 함께 조별 과제를 할 때였다. 조원들과 연구실에서 밤새 실험하던 날, 졸음을 쫓기 위해 이런저런 잡담이 오갔는데 어쩌다 보니 환생에 관한 이야기가 나왔다. 조원 중 한 명이 꺼낸 자기 할아버지 얘기 때문이었다.

그 애의 할아버지는 자신이 다섯 번 환생했고 그 이전의 생을 모두 생생하게 기억하고 있으며 여섯 번째 환생을 믿어 의심치 않는다고 했다. 지난 생의 기억이 모두 좋은 것은 아니었고 특히

네 번째 생은 다시 떠올리기 싫을 만큼 참혹했다. 전쟁이 나서 가족과 함께 피난길에 올라 굶주림에 시달리다 폭격으로 죽었다. 죽었을 때 나이가 네 살이었는데 폭격당한 고통이 생생하고 지금도 종종 다리가 찢어질 듯 아픈 건 그때의 부상 때문이라고 여긴단다. 할아버지는 어차피 죽어도 다시 태어날 몸이라며 고혈압약을 먹으면서도 술을 엄청나게 마시고 먹고 싶은 건 다 먹고 아주 엉망진창으로 살고 있다고 했다. 그 얘기에 조원들 모두 웃었다. 그때 강이 자신은 환생을 믿는다고 말했다.

"지금은 그때의 반도 안 되게 줄었지만, 한때 80억 넘게 인구가 증가하기까지 유전적 증식이 있었고, 유전적 정보가 담긴 DNA가 조상으로부터 자손에게 전달됐지. 수만 년 동안 진화하며 지능과 재능, 성격과 자질, 외모적 특성, 육체적 능력, 잠재적 질환 등이 유전자에 아로새겨져 선대로부터 내려온 셈이야. 전쟁에서 겪은 경험도 DNA 어딘가에 남아 전달된 거지. 그게 바로 환생 아니야?"

조는 어쩐지 강의 이야기가 마음에 들었다. 강은 종종 그렇게 엉뚱한 이야기들을 했다. 강의 그런 면 때문에 조는 강과 함께 있으면 즐거웠다. 꿈을 꾸는 어린애 같은 구석이 있는 강이 흥미로웠다. 터무니없는 꿈이라도 꿈을 꾸는 사람은 그 가까이 갈 수 있다고 조는 생각했다.

같은 직장에서 일하며 때로 의견 충돌이 있기도 했지만 강은 조와 손발이 잘 맞는 업무 파트너였고 고민을 털어놓을 수 있는 동료였다. 두 사람은 유능했다. 회사가 지금의 위치에 오르게 된 건 조와 강이 이십 년 넘게 함께 진행한 '넥스트 제너레이션' 프로젝트 덕분이었다. 조와 강은 프로젝트에 모든 걸 쏟아부었다. 능력과 노력, 체력과 시간. 먹고 자는 것도 잊어버릴 정도로 프로젝트에 매달리며 숨 가쁘게 달려 믿을 수 없을 만한 성과를 냈다.

아이들에게 더 나은 미래를 주자는 꿈을 현실화시키는 방법이 바로 '넥스트 제너레이션' 프로젝트였다. 회사가 매우 오래전부터 추진하던 사업 계획이었고 강이 줄곧 연구해 온 분야였다. 강이 입사하며 회사는 프로젝트에 박차를 가했고 연구에 지원을 아끼지 않았다. 강의 프로젝트는 이상적이었고, 강의 이야기가 종종 그랬듯이 꿈처럼 들리기도 했다.

조는 일에 관해서라면 강에게 반대할 때도 있었지만 강에 대해서라면 추호도 의심하지 않았다. 강을 잘 알았기 때문이었다. 하지만 가이의 아빠이고 한때는 남편이었던 강을, 이제 조는 잘 안다고 말할 수 없었다.

원더 키드

요란한 소리에 잠이 깼다. 사이렌이다. 날카롭게 이어지는 소리를 들으며 위령은 누운 채 천장을 바라본다. 낯설다.

눈을 감았다 다시 떠 본다. 역시 꿈이 아니다. 명확히 깨달았다. 이건 현실이고, 나는 소집되었다. 주변에서 아이들이 일어나 이불을 개고 있었다. 이불을 개야 한다는 규칙이 있는 모양이다. 채 하루도 지나지 않았지만 알게 되었다. 명령과 규칙. 그런 것으로 이곳은 움직이고 있다.

"잘 잤냐?"

그럴 리 없지만 위령은 렌에게 물었다. 렌이 힘없이 웃어 보인다.

순간 위령은 깜짝 놀랐다. 태어나서 처음으로 크림도넛을 먹었을 때와 비슷한 기분이다. 충격, 그리고 황홀. 여덟 살 때였다. 엄마 몰래 새로 생긴 도넛 가게에 갔다. 오렌지색과 초록색으로 꾸

며진 가게는 기쁨이자 고통으로 가득 찬 곳이었다. 진열대에 가득 쌓인 갖가지 도넛 중에서 하나만 골라야 한다니 너무도 괴로웠다. 한참 고민한 끝에 겉에 초콜릿이 덮인 동그란 도넛 하나를 골랐다. 도넛을 베어 물자 크림이 물컹 입안으로 밀려 들어왔다. 눈이 번쩍 뜨이고 정신이 아득해졌다. 신세계를 발견했다.

그때와 똑같진 않지만 거의 그런 기분이었다. 위령은 렌의 눈을 너무 뚫어지게 바라보고 있었음을 깨닫는다. 렌이 눈치채지 않길 바라며 위령이 렌을 향해 웃었다. 어젯밤엔 미처 몰랐다. 렌의 눈은 독특했다. 양쪽 눈동자의 색이 달랐다. 한쪽은 녹청색이고 다른 한쪽은 진한 갈색이다. 이런 눈은 처음 봤다. 하지만 모른 척한다. 외모에 대해서 말하지 않기, 그것이 위령이 세운 원칙이다. 외모에 관해서라면 위령은 평생 지적받았으니까. 아주 지긋지긋했다.

위령은 태어날 때부터 우량아였고 권장 체중을 넘지 않은 적이 없었다. 백일이 지나자 엄마의 밥을 탐냈고 가리지 않고 잘 먹어 전자레인지에 넣은 옥수수처럼 삽시간에 부풀어 올랐다. 초등학교에 입학했을 때는 맞는 책걸상이 없어서 고학년 반에서 가져다 앉아야 했고 다른 애들보다 월등히 큰 탓에 늘 맨 뒷자리였다. 초등학교 내내 학교에 위령보다 더 몸집이 큰 애는 단 한 명도 없었으며 그 뒤로도 쭉 그랬다. 위령은 어디서나 단연 눈에 띄었다.

눈에 띄는 외모란 축복일 수도 있고 저주가 될 수도 있다. 위령의 경우 후자였다. 어린 위령은 몸을 잔뜩 웅크리고 눈에 안 띄려 노력했지만 아무 소용 없었다. 늘 놀림받고 따돌림당했다. 어느 날 태세는 단숨에 변했다.

그날도 남자애들이 위령을 따라다니며 놀렸다. 위령은 그런 아이들을 파리 떼라고 생각했다. 성가시지만 대충 손을 휘휘 저어 쫓으면 그만이었다. 하지만 그날은 참을 수 없을 만큼 짜증이 났다. 여느 때와 달리 위령은 피하는 대신 배에 힘을 주고 허리에 손을 짚은 채 애들을 지그시 내려다봤다. 위령이 바위처럼 꿈쩍도 안 하자 아이들의 눈동자가 흔들렸다. 잠시 후 애들은 겁먹은 표정으로 뒷걸음쳤다. 위령은 슬펐다. 외모만으로도 남을 겁줄 수 있는 존재라는 게. 그 뒤로 아이들은 위령 근처에 얼씬도 안 했다. 바라던 바였다. 아니다. 사실 사랑받고 싶고 친구도 사귀고 싶었다. 위령을 이해하고 위로해 주는 건 달콤한 초콜릿과 크림빵이었다. 감자튀김과 아이스크림이 유일한 친구였다. 생크림케이크와 피자와 햄버거와도 친해졌고 친구가 점점 늘며 위령의 몸은 주체할 수 없이 커졌다.

위령은 이 독특한 눈을 가진 아이도 만만치 않은 인생을 살아왔으리라 짐작했다. 다르다는 이유만으로 감당해야 할 것들이 좀 있으니까. 축복과 저주 중 어느 쪽이었을지 짐작하기 어렵지 않았다. 렌은 위령의 눈을 똑바로 바라보는 대신 살며시 내리뜨고 있다. 긴 속눈썹이 눈동자에 그늘을 드리웠다. 너도 눈에 띄지 않고 싶구나. 어쩐지 묘한 기분이 들었다. 슬프면서도 기쁜, 이상한 마음이다.

어젯밤의 흰 가운 둘이 들어왔다. 같은 사람이 아닐지도 모르지만 마스크로 얼굴을 가리고 있어서 구별할 수 없다. 그 뒤로 군인 둘이 따라 들어와 문을 지키고 섰다. 흰 가운이 아이들을 세면실로 데려갔고 아이들은 몇 안 되는 개인 물품인 칫솔과 수건으로 양치를 하고 세수를 했다. 비누는 나눠 썼다.

아침으로 아무것도 바르지 않은 식빵 두 쪽과 작은 오렌지주스 한 팩을 나눠 줬다. 어이가 없었다. 설마 이게 다일까 싶었지만 그게 전부였다. 위령은 단숨에 깨끗이 해치웠다. 어젯밤 버스 안에서 초콜릿을 다 먹어 치우길 잘했다. 크림빵을 남긴 건 실수였다. 뺏긴 가방 안에서 크림빵에 곰팡이가 피고 있으리라 생각하니 애가 탔다. 엄마는 위령이 한 달쯤 굶어도 끄떡없을 거라고 했다. 끄떡없을지는 몰라도 배는 고프다. 수술을 했다면 배가 고프지 않았을까.

얼마 전 엄마는 깜짝 놀랄 만한 생일 선물을 준비했다고 했다. 생일은 한참 남아서 어리둥절했다. 그래도 은근히 기대됐다. 엄마는 선물은커녕 위령의 생일을 깜빡하기 일쑤였다. 설렌 위령이 엄마 손에 이끌려 간 곳은 클리닉 센터였다.

"어쩌다 이렇게……."

의사는 위령을 보고 말을 잇지 못했다.

어쩌다라니, 흥. 위령은 손가락으로 코를 팠다. 아무것도 나오지 않아 실망이었다. 왕코딱지를 의사에게 선물하고 싶었는데. 엄마는 겸연쩍은 듯 웃었다.

의사는 위령의 엄마가 환경주의자나 생명 원리주의자, 그런 사람이리라 추측했다. 이상한 신념으로 아이들의 인생을 망치는 부모가 종종 있었다. 넥스트 제너레이션, 즉 유전자 시술을 무슨 악마의 주술처럼 생각하는 사람들. 넥스트 제너레이션 시술을 받았더라면 이런 꼴이 될 리 없다. 이 아이는 평생 비만으로 인한 합병증, 즉 고혈압과 당뇨, 심혈관 질환 등의 각종 질병에 시달리게 될 것이다. 요즘 아이들에게는 절대 일어날 수 없는 일이다. 유전자 시술은 유전병이나 잠재된 질환의 요인을 완벽하게 제거했다. 덕분에 앞으로 병원은 사라지겠지만 이 또한 인류 진화 과정의 일부였다.

의사는 위령에게 위절제술을 권했다. 살을 뺄 수 있는 유일한 방법이었다. 스스로 음식을 조절하고 운동할 수 있다면 병원을 찾지 않았을 것이다.

"정상에 가까워지는 제일 효과적인 방법이죠."

'정상'이란 단어에 위령은 움찔했다. 위령은 제 몸집이 다른 사람보다 좀, 아니 훨씬 크긴 했지만 비정상이라고 생각한 적은 없었다. 그저 배가 빨리 고팠고 많이 먹었을 뿐이다. 위령이 반대할 틈도 없이 엄마는 수술 날짜를 잡았다.

갑자기 난리가 나고 소집령이 떨어지지 않았다면 지금쯤 뱃속에 생일 선물을 지니고 있었을 거다. 위절제술을 생일 선물로 받는 애가 세상에 또 있을까. 위령은 한숨을 쉬었다. 한숨을 쉬고 나니 배가 더 고팠다.

위령은 이미 다 먹은 주스 팩의 입구를 핥으며 아이들을 둘러봤다. 두 부류로 나뉘었다. 내키지 않는 표정이지만 할 수 없이 씹고 삼키는 아이들과 죽상을 하고 깨작거리는 애들. 아예 입에도 안 대는 아이도 있다. 저 애들은 모두 넥스트 제너레이션이겠지. 완벽하게 태어난 애들은 배도 안 고픈가.

모두가 꿈꾸는 이상적인 아이, 아이의 미래는 인류의 미래.

광고에 따르면 그랬다. 바람직한 키와 체중, 건강한 신체, 균형 잡힌 체격, 반짝반짝 빛나는 피부, 가지런한 치아, 명석한 두뇌. 넥스트 제너레이션의 세계에는 비만도 충치도 존재하지 않는다. 유전자 시술로 부모가 원하는 완벽한 아이를 만들기 때문이다. 소문에 의하면 성격까지 성형할 수 있다고 했다. 위령은 그 말은 믿지 않았다. 빌어먹을 성격인 애들을 너무 많이 봤기 때문이다.

위령은 '원더 키드'였다. 자연 임신으로 태어난 아이들을 부르는 별명이다. 엄마는 그 어려운 자연 임신이 되리라곤 상상도 못했다. 그야말로 기적적으로 태어났지만 넥스트 제너레이션 시술을 받지 않은 원더 키드는 주로 조롱의 뜻으로 쓰였다.

젠장 맞을 넥스트 제너레이션. 짜증이 치민다. 뱃속에서 어서 먹을 걸 넣어 달라고 난리였다. 치킨, 피자, 크림도넛, 케이크, 햄버거, 감자튀김, 치즈볼, 버터크림, 초콜릿, 밀크셰이크, 감자칩, 쿠키. 먹고 싶은 게 끝도 없다. 너무 배가 고파 헛것이 보일 정도다. 태어나서 이렇게 배고프기는 처음이다. 이러다 진짜 발작이라도 일으킬 것 같다.

생일 선물로 받고 싶은 게 생겼다. 생일 전에 이곳에서 나가는 것. 제발 해피한 버스데이를 맞고 싶다. 생일은 23일 남았다.

렌이 식빵 한 쪽을 위령에게 내민다. 위령은 망설인다. 거절하려고 했지만 손이 더 빠르다. 이미 빵을 덥석 쥐었다.

"너도 배고프잖아."

"어제 네가 초콜릿 줬잖아."

"그럼…… 고맙다."

위령은 렌의 눈을 잠시 바라본다. 렌의 속눈썹이 파르르 떨린다.

이 애의 부모는 아이에게 이런 눈을 주기로 선택한 걸까? 설마. 부모라면 양쪽 색이 다른 눈보다는 시력 5.0에 섬세하게 세공된 순도 100퍼센트 다이아몬드 같은 눈을 선택했을 것이다. 아니면 시술에 부작용이 있었나?

혹시 애도 넥스트 제너레이션이 아닌가? 아무래도 상관없지만 어쩐지 위령은 렌이 친근하게 느껴진다. 두 사람은 빵을 나눠 먹으며 슬며시 마주 웃는다. 이곳에 들어와 처음 짓는 미소다.

폭탄

렌은 조용히 아이들을 살핀다. 다른 애들도 마찬가지다.

누가 폭탄인가. 폭탄이 터지려는 조짐은 없는가.

어쩌면 내가 될 수도 있다. 서로를 탐색하는 눈빛과 경계하는 표정. 예상치 못한 환경 속 짐작과 다른 일들의 연속이다. 낯설고 불안하다. 아무도 안심하라고 말해 주지 않는다.

오전에는 아무런 지시 사항이 없었다. 중간에 한 번 흰 가운이 들어와 화장실에 갈 사람을 모집했다. 아침을 먹고 나서 대부분 화장실에 다녀왔는데도 아이들은 부리나케 줄을 섰다. 렌과 위령도 일어났다. 방 밖으로 나갈 유일한 기회였다. 줄 끝에 군인이 따라붙었다.

복도 끝에 있는 화장실을 향해 걸으며 렌은 조심스레 주변을 살핀다. 창 없는 기다란 복도를 따라 한쪽으로 일정한 간격을 두고 똑같은 문이 있다. 방이 모두 다섯 개. 렌의 방은 출구에서 두 번째, 한 방에 오십 명. 방마다 같은 수의 아이들이 있다면 이백오십 명 정도 건물 안에 있는 셈이다. 눈을 들자 천장의 카메라가 렌을 주시한다. 렌은 고개를 돌려 출입구 쪽을 바라본다. 검은색 철문이 굳게 닫혀 있다. 문에 보안 장치가 달린 것 같다. 빨리 움직이라고 군인이 렌을 채근한다.

화장실 앞에 줄 선 애들이 차례로 안으로 들어간다. 군인이 따라 들어오지 않는 곳은 탈의실과 샤워실, 그리고 화장실이다. 군인들 대신 흰 가운들이 따라 들어와 아이들을 지켜본다. 화장실에도 감시 카메라가 있다. 변기까지 비추지 않기를 바랄 뿐이다. 안전 때문이라 해도 지켜보는 건 끔찍하다. 화장실은 다섯 칸, 세면대가 두 개 있다. 렌은 천천히 손을 씻는다. 세면대 위에 거울은 달려 있지 않다. 어디에도 거울은 없다. 보나 마나 몰골이 엉망이리라. 흰 가운이 서두르라고 재촉한다. 다시 줄지어 방으로 돌아오자 문은 밖에서 굳게 잠긴다.

몇 시나 됐을까? 방에는 시계도 창문도 없다. 점심 식사 전이니 오전이라고 짐작할 뿐. 평소라면 교실에 앉아 수학 선생님의 호명을 피하길 간절히 빌고 있을 시간이다. 그날 수학 시간에 벌어진 끔찍한 일이 떠오르자 눈가가 뜨거워지며 심장이 빠르게 뛴다. 고통스러운 비명과 신음, 멀리 들려오는 구급차 사이렌 소리. 선생님과 유이는 바로 병원으로 옮겨졌지만 다시 일어나지 못했다.

왜 발작하는 걸까? 10대 청소년들만 증상을 보이는 것도 이상하다. 질병인가. 그렇다면 무슨 병일까? 어쨌든 치료가 필요하다고 해서 이곳에 왔다. 오고 싶지 않아 도망까지 쳤지만 이렇게 됐으니 바라는 건 하나뿐이다. 어서 치료받고 하루빨리 여기서 나가고 싶다.

"그 동네 가 본 적 있어. 예전에 할머니가 사셨거든. 거기 백화점 앞에 회전목마 있지?"

"회전목마는 없어졌어."

옆자리 아이 둘이 비밀 이야기라도 하듯 속삭인다. 엿듣고 싶진 않지만 렌의 귀에 들려온다. 한 아이는 D7, 다른 아이는 E2 지역에 산다. 렌이 사는 곳과 멀리 떨어진 동네였다. 렌은 A2에 살았다. D와 E 지역에서도 A 지구의 학원으로 오는 애들이 있었다. 부모들은 아이들만이라도 A 지구에 거주하길 바랐다. A 지구에 산다는 건 성공을 의미했다. 한 아이는 열여덟 살이고 다른 한 아이는 두 달 뒤면 스무 살이 된다고 했다. 두 달만 일찍 태어났다면 이곳에 있지 않았을 애가 한숨을 내쉰다.

"나 저거 진짜 맘에 안 들어."

옆에서 위령이 중얼거린다.

벽 귀퉁이에 달린 네 대의 감시 카메라. 카메라는 계속 방향을 바꾸며 방 안을 훑는다. 카메라를 피할 곳은 없다. 누군지 모르지만 어디선가 방 안을 지켜보고 있다. 위령은 카메라 하나를 향해 가운뎃손가락을 들어 보인다.

"어디로 도망가려고 했어?"

위령이 묻는다.

"나도 몰라. 엄마가 짐을 많이 챙기지 말라고만 했어."

차 안과 트렁크에는 이미 짐이 잔뜩 실려 있었다. 침낭과 담요와 프라이팬, 생수병과 각종 통조림 등. 캠핑이라도 가는 것 같았다.

"결국엔 잡혔을 거야."

"하긴 경찰이 쓸데없는 건 되게 열심히 해. 그래도 모르지. 설렁설렁 찾다 퇴근 시간 맞춰 철수했을 수도."

그랬으면 얼마나 좋았을까. 깊은 숲속 우연히 발견한 동굴 안에서 불을 피워 빵과 통조림을 데워 먹고, 타닥타닥 타는 모닥불 앞에서 엄마와 얘기하다 밤이 깊으면 침낭에 한데 들어가 꼭 껴안고 자는 상상을 하자 렌의 눈가가 뜨거워진다.

"형제는 없나 보다?"

"오빠 하나. 얼마 전에 스무 살이 됐어."

"겁나게 운 좋네. 난 여동생 하나. 여덟 살이야. 나이 차가 많이 나지. 일곱 살 차이."

"나도 열다섯 살이야."

"우와, 반갑다! 아, 진작 얘기하지!"

위령이 어째서인지 뛸 듯이 기뻐하며 렌의 어깨를 팡, 쳤다. 그러고는 아이고, 미안, 하며 때린 곳을 부지런히 손바닥으로 문질렀다. 렌은 또 위령 때문에 웃었다.

"동생은 엄마가 아저씨랑 결혼해서 낳았거든. 근데 걔 좀 귀엽다. 아니, 많이 귀여운 편이지. 눈이 꼭 강아지 같아."

위령의 입꼬리가 살짝 올라간다. 동생이란 생각만 해도 웃음이 나는 존재인가. 렌은 오빠를 떠올리자 씁쓸해졌다. 오빠는 제 동생을 잡아가라고 신고했는데.

"동생을 생각하면 내가 여기 들어오는 게 맞는 거 같은데. 나도 발작 안 한다고는 장담 못 하니까. 발작한 애들 보면 장난 아니던데. 내가 그렇게 되면 누가 날 말리겠냐. 안 그래?"

"우리 반 애 하나가 그랬어."

"정말? 뉴스에 나온 애들처럼? 막 미쳐 날뛰었어?"

"비슷했어."

"친한 애였어?"

렌이 고개를 저었다.

"그건 다행이네. 아니, 내 말은 친한 친구였으면 더 괴로웠을 것 같아서."

어쩌면 친해질 수 있었을지도 모른다.

"진짜 멀쩡한 애가 갑자기 그렇게 되는 거야?"

"어, 순식간에."

"와, 무섭다."

"무서웠어."

"아무튼 천만다행이다."

"응?"

"넌 무사해서."

렌은 위령의 눈을 들여다본다. 위령은 피하지 않는다. 이상하다는 표정도, 궁금해 죽겠다는 기색도, 꺼리는 눈치도 없다. 그런 식으로 렌의 눈을 바라보는 사람은 엄마 말고는 없었다. 어쩌면 친구가 생길지도 모른다.

"만약 내가 발작을 일으키면 말이야. 아, 물론 그러지 않길 바라지만 혹시 모르니까."

위령이 말했다.

"응."

"빵을 하나 던져 주고 도망가. 그럼 너는 절대 공격 안 할게."

"빵이 없으면?"

고민에 빠진 위령의 표정이 심각해진다. 그런 위령을 보며 렌은 고개를 숙이고 웃는다. 감시 카메라에 웃는 얼굴을 보이기 싫다.

규칙

흰 가운이 방에 들어왔다. 점심시간이다. 하지만 짐작과 달리 음식 대신 붉은 리본과 옷핀을 나눠 줬다. 아이들은 영문도 모르면서 시키는 대로 리본을 가슴에 단다. 그러고 나자 흰 가운과 군인 들이 아이들을 두 줄로 세워 데리고 나갔다.

굳게 닫힌 문이 열리고 침침한 건물 안으로 햇빛이 쏟아졌다. 고작 하루 만이지만 바깥 공기가 너무도 반갑다. 어리둥절하면서도 아이들은 혹시나 하는 기대에 부푼다. 아이들은 저녁 무렵 유치원 문이 열리면 기다리던 엄마를 향해 뛰던 기억이 생생했다. 너를 이곳에 보낸 건 실수였다고, 절대 보내고 싶지 않았다고, 나쁜 일은 다 해결되었으니 어서 집으로 돌아가자고 두 팔 벌려 안아 줄 부모가 문밖에 있을지도 모른다. 집이 지긋지긋해서 하루빨리 독립하겠다고 다짐했던 아이도 이 순간만큼은 간절히 귀가를 바랐다. 아이들은 들뜬 걸음으로 건물 밖으로 향한다.

운동장을 훑어본 아이들의 얼굴에 실망의 빛이 떠오른다. 운동장에는 아이들뿐이었다. 아이들의 가슴에 리본이 달려 있다. 파랑, 초록, 보라, 주황……. 노란색 리본 줄 옆에 렌의 줄이 자리 잡은 뒤에도 건물에서 아이들이 빠져나와 운동장을 차곡차곡 메운다. 오늘은 아닌가 보다. 가벼운 체념과 낙담이 아이들 사이로 퍼진다. 한낮의 더위와 땡볕, 때를 놓친 점심 등에 대한 불만이 스멀스멀 피어오른다.

렌은 빠르게 헤아려 본다. 색이 다른 열 개의 리본, 줄의 길이는 비슷하다. 오백 명쯤이다. 눈을 멀리 두자 렌이 머무는 건물 뒤로 비슷한 건물이 두 채 더 보인다. 두 개 동에 아이들을 나누어 놓고, 나머지 하나에 흰 가운과 군인 들이 머무는 모양이다. 운동장은 낮에 보니 더 넓다. 고개를 돌려 간밤에 버스가 들어온 출입문을 유심히 바라본다. 크고 튼튼해 보는 철문 옆에 군인 둘이 보초를 서고 있다. 보초의 손에 긴 총이 들려 있다. 높은 담을 넘어온 햇살이 렌의 눈을 찌른다. 화창하고 무더운 날이다.

줄 앞쪽에 높은 단상이 있다. 단상 아래 좌우로 늘어선 군인과 흰 가운 들. 군인은 삼십여 명, 흰 가운은 그보다 많다. 철모 아래로 그림자가 짙게 드리워 군인들의 얼굴이 잘 보이지 않는다. 흰 가운들은 한순간도 마스크를 벗지 않는다.

단상 위로 누군가 올라왔다. 지금까지 본 군인들과 다른 군복

차림이고 선글라스를 끼고 있다. 허리에 권총을 찼다. 군인은 말 없이 아이들을 내려다본다. 선글라스가 햇빛에 번득인다. 고요한 가운데 아이들의 눈이 모두 단상으로 향한다. 갑자기 귀를 긁는 날카로운 소리가 난다.

"아아, 여러분, 주목."

단상 위 군인이 확성기에 대고 말한다.

"이곳에 온 걸 환영합니다."

선글라스 낀 군인이 듣고 나면 금방 잊어버릴 이름 뒤에 대령 이라고 소개한다. 여기 대장인가 보다. 렌은 대령의 연설이 길어 지리라 짐작한다. 어디서든 대장은 말이 많다. 교장 선생님도 그 랬다.

"모두 치료를 받고 집으로 무사히 돌아갈 수 있길 바랍니다. 그 러기 위해서는 여러분의 협조가 필요합니다. 단체 생활에서 가장 중요한 게 있습니다. 그게 뭔지 아는 사람?"

대령이 아이들을 둘러본다. 아무도 대답하지 않는다. 대령이 초 록 리본 줄 맨 앞에 선 남자애를 지목한다.

"질서와 협동이라고 생각합니다."

잠시 망설인 끝에 아이가 대답했다.

"틀렸다. 제일 중요한 건 지휘자의 명령이다. 이곳은 전쟁터다. 살아남고 싶으면 지휘자의 명령에 복종해야만 한다. 이곳의 지휘 자는 나다. 무슨 뜻인지 알겠지?"

갑자기 대령의 말투가 달라졌다. 전쟁터, 명령, 복종. 생경한 단어들에 아이들은 동요한다.

"미친."

위령이 중얼거렸다.

"단상 아래를 보기 바란다."

대령의 말에 일제히 시선이 움직인다.

단상 아래 삽과 수레가 놓여 있다. 의아해할 새도 없이 명령이 내려진다.

땅을 파라.

그리고 규칙이 있다. 줄은 한 팀이 된다. 고로 열 개 팀으로 나뉜다. 각 팀은 가슴에 단 리본 색으로 구분할 수 있다. 팀원이 협력해서 땅을 파고 흙을 수레에 실어 각 팀에 정해진 구역으로 옮겨 쌓는다. 주어진 시간은 한 시간. 흙을 가장 많이 쌓는 팀이 우승한다. 우승한 팀에게는 상이 있다. 꼴찌 한 팀에게는 벌이 내려진다.

대령이 아이들을 둘러본 뒤 말한다.

"질문 있나?"

누군가 손을 든다. 주황색 리본을 단 남자애들 줄 앞쪽, 어깨가 넓은 아이다. 대령이 고개를 끄덕여 질문을 허락한다.

"상이 뭔가요?"

"뭘 원하나?"

뭘 원하냐고? 원하는 걸 상으로 받는다고? 아이들이 웅성거린다. 맛있고 푸짐한 식사, 푹신한 침대, 온수 샤워, 깨끗한 잠옷. 그모든 게 한 번에 해결되는 방법이 있다. 원하는 건 단 하나. 집으로 돌아가는 것뿐. 아이는 혀로 마른 입술을 축이고 대답한다.

"휴대폰을 쓰고 싶습니다."

아이의 대답에 탄식과 야유가 쏟아진다. 아이는 나름 계산했다. 지금 당장 집에 보내 줄 가능성은 0퍼센트다. 대령이 오른손을 들어 소란을 잠재운다.

"좋다. 우승한 팀은 상으로 삼십 분 동안 휴대폰 사용이 가능하다. 만족하나?"

아이들의 우렁찬 함성이 운동장에 퍼진다.

"아, 나 이런 거 진짜 별론데."

위령이 투덜거리면서도 단상 아래를 뚫어지게 바라본다. 위령은 태어나서 우승이라곤 단 한 번도 해 본 적 없다. 경쟁은 딱 질색이다. 그러나 이번엔 다르다. 우승 상품이 몹시 유혹적이다. 동생이랑 영상 통화를 할 수 있다면 지구 반대편까지라도 땅을 팔수 있다. 위령이 두 주먹을 꽉 쥔다.

"뭔가 이상해."

렌이 중얼거리지만 위령은 미처 듣지 못한다. 고막이 터진 줄 알았다.

갑자기 울린 천둥소리. 아이들이 얼어붙었다.

총소리다. 하늘로 쏘아 올린 총소리에 아이들은 기겁한다. 동시에 그것이 경기 시작을 알리는 신호임을 알아챈 아이들 몇이 단상을 향해 뛴다. 남은 아이들도 허둥지둥 움직인다.

아이들이 파도처럼 몰려간다. 렌은 휩쓸려 넘어질 뻔한다. 아무래도 이상하다.

삽은 스무 자루, 수레는 다섯 개다. 삽을 차지할 수 있는 건 스무 명뿐이라는 얘기다. 삽을 더 많이 차지하는 팀이 우승 확률이 높다. 이건 땅을 파는 경기가 아니다. 렌의 머릿속에 위험 경보가 세차게 울린다.

삽을 두고 치열한 쟁탈전이 벌어진다. 보라색 리본을 단 여자애가 재빨리 삽을 집어 들었다. 남자애 둘이 달려든다. 여자애가 바닥에 나동그라지고 그 위로 아이들 십여 명이 덮친다. 덩치 큰 남자애가 삽을 차지했다. 다른 애가 삽을 낚아챈다. 뺏기지 않으려 버티고 빼앗으려 기를 쓴다.

뺏고 빼앗긴다. 아이들이 서로를 향해 주먹질한다. 삽을 차지한 아이가 무기 삼아 휘두른다. 비명이 울리고 붉은 피가 사방으로 튄다. 그 모습을 위령이 단상 가까이에서 멍하니 바라본다. 위령의 옷에 검붉은 점이 흩뿌려진다.

"위령!"

렌이 손을 잡자 위령은 정신이 번쩍 난다. 렌과 위령이 뛴다.

군인과 흰 가운 들은 멀찍이서 구경만 하고 있다. 왜? 왜 말리지 않는 거지? 그러다 렌은 깨닫는다. 이렇게 되길 기다리고 있었구나.

갑자기 맹수처럼 사나워진 아이들. 익숙하다. 같은 반 주노가 선생님과 아이들에게 달려들었을 때, 그리고 뉴스에서 매일 보던 장면들이었다. 광기, 괴력, 잔인한 폭력. 누구도 저지할 수 없는 폭탄. 아이들은 마치 발작한 듯 날뛰었다.

사방에서 비명이 울린다. 누군가 렌을 뒤에서 밀쳐 쓰러뜨린다. 렌은 일어나다 주저앉는다. 발목을 접질렸다. 삽을 든 아이가 달려온다. 이상하게 번들거리는 눈. 아이의 머리에서 피가 흐른다. 아이가 렌을 향해 삽을 치켜든다. 피해야 한다. 하지만 몸이 꿈쩍도 하지 않는다. 머릿속이 하얗게 된다.

"렌!"

위령이 렌을 향해 몸을 돌린다. 하지만 늦었다. 아이가 삽을 휘두른다.

그때 누군가 전속력으로 달려와 그대로 삽을 든 애를 들이받는다. 삽을 든 애가 벌렁 나자빠진다. 두 아이가 엉켜 구른다. 그 와중에 아이들이 삽을 노리고 모인다. 위령이 삽을 멀리 던져 버린다. 삽을 향해 아이들이 하이에나 떼처럼 달려든다.

"야, 괜찮아?"

위령이 렌의 발목을 살핀다.

"업혀."

"걸을 수 있어."

위령이 렌을 부축해 자리를 떠난다.

걷다가 렌은 뒤돌아본다. 저만치 자신을 구해 준 애가 뛰어가고 있다. 무사해서 다행이다. 고맙다고 말할 겨를도 없었다.

총소리가 울린다. 한 시간이 지났다. 경기가 끝났다. 아이들이 무너지듯 주저앉는다. 여전히 삽을 휘두르는 아이들을 향해 군인들이 총을 겨눈다. 아이들이 삽을 던지고 머리 위로 손을 번쩍 든다. 마치 전쟁터에서 잡힌 포로처럼.

흙더미를 쌓은 팀은 아무도 없었다. 땅은 한 줌도 파지 못했다. 아이들이 여기저기 쓰러져 있다. 단상 근처에 누워 있는 한 아이의 푸른 셔츠가 고동색으로 변해 있다. 아이의 셔츠 아래로 검붉은 피가 흥건히 고여 흐른다.

다시 날카로운 확성기 소리가 울려 퍼진다. 단상 위의 대령이 아이들을 내려다본다.

"유감이지만 우승 팀은 없다. 어떤 팀도 흙을 쌓지 못했다. 그래서 상은 없다."

아이들의 어깨가 축 처진다.

"아울러 벌칙에 대해 말하겠다. 땅 한 줌 못 판 너희들에게 오늘 저녁은 없다. 그것이 규칙이다. 이상."

그런 벌칙이 있었나 아이들은 의심한다. 하지만 의심은 오래가지 못한다. 점심도 못 먹었지만 아무도 이의를 제기하지 않는다.

대령의 말이 곧 규칙이다. 아이들은 방으로 돌아간다. 쓰러진 아이들을 내버려둔 채.

"세 명 줄었어."

위령이 렌에게 속삭인다.

방에 이제 마흔일곱 명이 남았다. 렌은 없는 아이가 누군지 생각해 보지만 기억나지 않는다.

흙투성이가 된 아이들이 멍하니 벽에 기대앉았다. 모두 넋이 나간 표정이다. 상처를 입은 아이는 수건으로 조심스레 피와 먼지를 닦아 내다 흐느낀다. 울음이 돌림 노래처럼 방 안에 퍼진다.

위령은 말없이 누워 천장만 바라봤다. 그 옆에 렌도 눕는다. 이해할 수 없는 이상하고 무서운 일이 벌어졌다. 확실한 건, 이곳은 안전하지 않다.

렌은 이불을 뒤집어썼다. 엄마와 로라. 둘을 떠올리지 않기 위해 노력한다. 울지 않기 위해서다. 그 대신 렌은 그 애를 생각한다. 운동장에서 자신을 구해 준 애는 양쪽 눈동자 색이 달랐다. 잘못 보지 않았다. 렌은 확신한다.

고양이 눈

그 애도 늪지 앤가?

나기는 낮에 본 아이를 떠올렸다. 그 애의 눈. 분명 자신의 눈과 같았다.

운동장에서는 경황이 없어 아무것도 묻지 못했다. 낮에 일어난 일로 나기는 아직도 충격에서 벗어나지 못했다. 미처 날뛰며 어른도 아이도 다 죽인다는 상인의 말이 진짜였다. 이럴 줄 알았으면 절대 잡히지 않는 건데.

나기는 멀리 달아나지 못하고 경찰에 붙들렸다. 경찰은 아이디 카드를 요구했다. 나기가 지닌 아이디 카드를 보였다간 이내 가짜라고 들통날 게 뻔했다. 경찰은 이것저것 물었다. 거주지 주소와 보호자 이름, 보호자 휴대폰 번호. 아무것도 답할 수 없었다. 결국 나기는 늪지 주민임을 밝혀야만 했다. 경찰들은 늪지 사람이라면 치를 떨었다. 신원이 불분명하고 소재를 파악할 수 없는 사람들, 잠재적 범죄자로 취급했다.

나기가 한 짓은 따지고 보면 불법이었다. 아술 가루는 나기의 마을에서는 치료제지만 도시에선 금지된 마약이었다. 발각된다면 당장 감옥행이었다. 다행히 들고 온 아술 가루는 모두 상인에게 넘긴 다음이었다. 경찰이 나기에게 알아낸 건 열여덟 살이라는 나이뿐이었다. 소집 대상이라는 판단이 내려졌다. 나기는 무척 놀랐다. 아이디 카드도 발급해 주지 않는 늪지 출신을 처음으로 도시 시민으로 간주해 준 것이다. 나기는 항의했다. 하지만 무시당했다. 결국 이렇게 끌려 왔다.

나기는 천장에서 쏟아지는 불빛을 견딜 수 없다. 잠들기에 너무 밝았다. 방 안의 불빛은 낮과 밤의 구분이 없었다. 늪지 가득 눈부시게 빛나는 태양과 집 안으로 희미하게 스며들던 달빛이 몹시 그리웠다.

나기의 마을에서는 밤이면 기름에 심지를 돋우어 불을 밝혔다. 하지만 불을 켜는 건 잠시였고 밤이 깊어지기 전에 잠자리에 들었다. 푸르스름한 안개가 늪지 위로 피어날 때 일어나 차가운 물로 세수를 하고 나면 숲의 나무 꼭대기에 금빛이 서서히 퍼졌다. 할머니는 밤에도 거의 불을 켜지 않았다. 달빛만으로도 충분했다. 조용한 빛이 만드는 사물들의 그림자 속에서 나기는 책을 읽었다. 보이지 않아도 외울 만큼 수없이 읽은 책이었다.

"너 눈이 왜 그래?"

계속 나기를 힐끔거리던 옆자리 애가 물었다. 더는 호기심을 참지 못하겠다는 얼굴. 나쁜 의도로 묻는 건 아닌 듯했지만 나기는 무뚝뚝하게 대답했다.

"신경 꺼."

사이렌 소리가 들렸다. 나기는 담요를 뒤집어쓰고 누웠다. 배가 고프다. 대령인지 뭔지의 말대로 저녁은 없었다. 농담이라고 생각한 것들이 이곳에선 다 진짜였다. 나기가 말썽을 피우면 할머니는 저녁을 안 준다고 으름장을 놓았지만 한 번도 그런 적은 없었다.

할머니. 떠올리는 것만으로 가슴이 먹먹해졌다. 지금쯤 속이 까맣게 타서 기다리고 있겠지.

어둠 속에서 훌쩍이는 소리가 들려온다. 저 애의 엄마도 걱정으로 잠 못 들고 있을까. 나기는 엄마를 불러 본 적 없다. 돌부리에 걸려 넘어지거나 성난 수탉에 쫓길 때, 악몽을 꾸다 울며 깨어났을 때도 나기는 할머니를 불렀다. 엄마는 나기를 낳자마자 세상을 떠났다. 아빠에 대해선 전혀 모른다. 나기에겐 오직 할머니뿐이었다.

그래도 종종 궁금했다. 엄마의 생김새, 목소리와 냄새. 헤엄을 잘 쳤는지, 빠르게 잘 달렸는지, 빗속을 걸을 때 노래를 불렀는지, 무지개 새우를 좋아했는지. 엄마도 물 위에 뜬 달을 오랫동안 들여다보곤 했냐고 물으면 할머니는 대답했다. 그럼, 비만 오면 미친 염소처럼 뛰어다니고 달 구경하느라 잠도 안 잤지. 그리고 나기의 얼굴을 바라보다 말했다. 넌 엄마 눈을 빼닮았어.

마을 아이들은 나기를 '고양이 눈'이라고 불렀다. 좋은 의미는 아니었다. 하지만 수이가 고양이 눈이라고 부를 때는 별로 화나지 않았다. 수이의 집에는 입 냄새 고약한 늙은 고양이, 앨리스가 있었는데 수이는 앨리스를 애지중지했다. 가끔 나기가 늪에서 잡은 물고기를 가져다주면 수이는 몹시 좋아하며 구워서 살을 발라 앨리스의 입에 넣어 주었다. 나기를 고양이 눈이라고 부르며 수이는 장난스럽게 덧붙였다. 고양이가 얼마나 귀여운데, 영광인 줄 알아라. 앨리스가 먹은 걸 다 토하고 앓다 죽었을 때 수이는 며칠 동안 밥도 잘 안 먹고 말도 하지 않았다. 나기가 종일 늪에서 잡은 무지개 새우를 갖다줬지만 수이는 그걸 보고 울었다. 앨리스는 구운 무지개 새우를 제일 좋아했다.

나기는 아이들의 놀림이 지긋지긋했지만 제 눈을 싫어할 순 없었다. 한 번도 보지 못한 엄마를 기억할 유일한 것이니까. 고양이 눈은 할머니로부터 엄마에게 이어져 나기에게 전해졌다. 늪지를 둘러싼 마을들에 나기와 같은 눈을 가진 이들이 몇 있었다. 외가의 여자들이 그런 눈을 갖고 태어났다. 직접 본 적은 없다. 할머니 얘기였다. 늪지는 넓고 마을들은 떨어져 있어 왕래가 드물었다.

그 애도 늪지가 지루해서 도시를 돌아다니다 잡혀 왔을까? 아니, 늪지 애가 아닐 수도 있다. 도시에는 없는 게 없으니까. 고양이 눈은 왜 없겠는가. 그 애의 엄마도 같은 눈을 지녔을까? 그 애도 눈 때문에 따돌림당했을까? 아니, 그 애에겐 친구가 있는 것 같던데. 위험에 처하면 물불 안 가리고 도와줄, 같은 편.

다시 만나게 될 것이다. 그 아이도 이 안에 있다. 만나면 말을 걸어 볼까? 그 애가 놀라거나 싫어하지 않았으면 좋겠다. 배에서 꼬르륵 소리가 난다. 나기는 허기를 참고 잠을 자려고 노력했다. 설핏 잠들려는 순간이었다. 이상한 예감에 눈을 떴다. 탁한 공기, 녹슨 쇠 냄새, 거친 숨소리, 어지러운 기척. 뭔가 움직인다.

곧이어 처절한 비명이 터진다.

까마귀

비명이 울린다. 렌은 눈을 떴다. 전등 불빛이 눈을 찌른다. 눈을
감자 눈꺼풀 위로 빛 조각이 어지럽게 떠돈다. 꿈인가. 아니다. 소
리가 들린다. 여럿이 내지르는 비명과 거친 발소리. 손에 잡힐 듯
들린다. 렌은 벌떡 일어나 앉는다. 자고 있던 아이들도 하나둘 일
어난다.

"위령."

렌이 위령의 어깨를 가만히 흔든다.

"엄마, 나 달걀 다섯 개 먹을래."

위령이 눈을 감은 채 배시시 웃었다. 좋은 꿈을 꾸고 있나 보다.
깨우기 미안하다. 다시 울리는 비명에 위령이 눈을 번쩍 뜬다.

"깼어?"

"어어, 아침이야?"

누운 채 잠이 덜 깬 얼굴로 위령이 묻는다. 렌이 고개를 젓는다. 방에서는 밤낮을 구분할 수 없다. 아침을 알리는 사이렌은 울리지 않았다.

다시 들려온다. 롤러코스터가 공중에서 떨어지기 직전에 쏟아내는 소리.

"뭐, 뭐야?"

"옆방인 것 같아."

위령이 벌떡 일어난다.

"바, 발작?"

"잘 모르겠어."

렌이 대답한다. 제발 아니면 좋겠다. 하지만 분명 무슨 일이 생겼다. 아마도 절대 일어나지 않기를 바란 일.

아이들이 새끼 새처럼 옹송그리고 모여 옆방에서 들려오는 소리에 귀를 세운다. 비명이 울릴 때마다 바람에 나부끼는 깃털처럼 몸을 바르르 떤다. 보이지 않지만 생생하다. 벽 너머에서 끔찍한 일이 벌어지고 있다. 아이들은 더 견디지 못하고 눈을 질끈 감는다. 손으로 귀를 막는다. 담요를 뒤집어쓰고 엄마를 부르며 울부짖는다.

위령은 가슴에 주먹을 대고 누른다. 심장이 튀어나올 것만 같다. 숨이 막히고 머릿속이 하얗다. 너무 무섭다. 무섭다는 말의 백만 배는 더 무섭다. 무릎이 덜덜 떨린다. 너무 싫다.

"젠장, 이게 다 무슨 일이야."

위령이 벌떡 일어나 문으로 간다. 문손잡이를 잡는다.

"너 뭐 하는 거야?"

누군가 날카로운 소리로 외친다. 눈썹이 유독 짙어 인상이 또렷한 아이다. 렌의 기억에 남아 있다. 첫날 흰 가운에게 여기가 병원 맞냐고 따져 물었던 아이다. 애들이 이지라고 부르는 걸 들었다.

"열지 마! 열면 가만 안 둬!"

위령은 이지의 말을 무시하고 손잡이를 돌린다. 평소와 마찬가지로 잠겨 있다. 다행이다. 동시에 왈칵 두려워진다. 옆방 문도 잠겨 있을 것이다. 아이들은 갇힌 채 도망치지도 못한다. 누가 와서 구해 주지 않는다면. 위령의 눈가가 뜨거워지며 다리가 후들거린다.

"여기요! 누구 좀 와 봐요!"

위령이 문을 두드리며 고함친다.

"미쳤어?"

이지가 문으로 달려와 위령을 밀친다. 키가 크고 체격 좋은 이지는 힘도 상당했다. 하지만 위령은 꿈쩍도 하지 않는다.

"문 열어서 뭐 어쩌게? 너 죽고 싶어?"

이지가 다시 거칠게 위령을 밀어붙인다. 역시 소용없다. 바위처럼 버티던 위령이 등을 돌려 이지를 바라본다.

"한 번은 죽겠지. 아직은 아니야."

위령이 이지를 짐처럼 어깨 위로 번쩍 들어 올리더니 그대로 매트리스 위로 던진다. 이지의 얼굴이 붉게 변하고 위령을 죽일 듯이 노려보지만 그것으로 끝이다. 다시 옆방에서 들려온 끔찍한 비명에 모두 일순 얼어붙는다.

"여기 좀 와 보라고! 안 들려? 왜 안 오는 거야?"

위령이 고래고래 외치며 문을 발로 찬다. 렌은 위령의 뜻을 이해했다. 쓸모없는 짓이라도 하지 않는 것보다는 낫다. 렌도 위령과 함께 문을 두드리며 도와달라고 고함친다. 아이들은 말없이 떨며 두려운 눈으로 위령과 렌을 바라본다.

"도대체 거기서 뭐 하고 있어? 다 보고 있잖아!"

위령이 고개를 젖혀 감시 카메라를 향해 악을 쓴다. 감시 카메라가 위령과 렌을 조용히 지켜본다.

비명이 갑자기 멈췄다. 울음도 뚝 그쳤다. 돌연 찾아온 침묵. 렌과 위령도 가만히 숨을 죽인다. 벽에 귀를 댔던 아이들은 차갑고 섬찟한 기운에 놀란다. 고요가 불안을 불러온다. 아이들은 조심스레 추측하다 몸서리친다. 조용한 가운데 훌쩍이는 소리만 난다.

정적을 뚫고 발소리가 복도를 울린다. 거친 군홧발 소리. 아이들이 복도 쪽 벽에 붙어 귀를 댄다. 옆방 문이 열리는 기척. 의미를 알 수 없는 말들과 탄식. 신음과 절규. 명령과 지시. 분주한 움직임. 다시 복도를 울리는 무거운 발소리. 아이들의 가슴이 두근거린다.

사고 현장은 재빨리 수습된다. 흰 가운들이 신속히 분류한다. 다친 아이와 덜 다친 아이, 가망 없는 아이도 있다. 다친 아이들이 들것에 실려 처치실로 옮겨진다. 비교적 상태가 양호한 아이들은 방에서 응급 처치를 받았다. 멀쩡한 아이가 드물다. 얼굴이 피범 벅이 된 아이가 까마귀처럼 허공을 향해 계속 비명을 지른다. 아이의 눈은 텅 비었고 지상에서 떠나 날아오르고 싶어 한다. 들것에 실려 복도를 지나는 동안에도 아이는 온 힘을 다해서 까마귀처럼 운다.

흰 가운은 남은 아이들을 탈의실로 데려가 새 옷과 수건을 나눠 준다. 아이들의 옷은 찢어지고 피로 더러워졌다. 씻으라고 지시하지만 아이들은 꼼짝도 하지 않는다. 재촉해도 소용없다. 아무것도 들리지 않는 것 같다. 흰 가운 하나가 수건에 물을 묻혀 아이들의 얼굴을 닦기 시작한다.

"접촉하지 말랬잖아."

다른 흰 가운이 경고한다.

"씻기라고 했어요."

흰 가운이 무뚝뚝하게 답하고 아이의 핏자국을 닦아 낸다.

아이들은 고장 난 인형처럼 흰 가운에게 얼굴과 손을 맡긴다. 아이들이 만일 흰 가운의 얼굴을 유심히 봤다면 동그란 눈에 어린 눈물을 봤을지도 모른다. 하지만 아이들은 아무것도 보지 못한다. 수건이 금세 더러워진다. 흰 가운의 손이 얼굴에 닿자 아이

하나가 흐느끼기 시작한다. 흰 가운의 손은 매우 부드럽고 아이는 그런 다정한 손길이 오랜만이다. 아이가 울면서 흰 가운의 팔을 붙든다. 흰 가운은 흠칫 놀라고 아이는 필사적으로 팔을 붙잡는다. 다른 흰 가운이 다가와 우는 아이를 억지로 떼어 낸다. 아이는 엄마 손을 놓친 어린아이처럼 어깨를 들썩이며 서럽게 운다. 방으로 돌아가라는 지시가 내려지지만 아이들은 그저 어둑한 그림자처럼 우두커니 앉아만 있다.

아이들이 탈의실에 있는 동안 흰 가운들은 분주히 움직인다. 매트리스를 벽에 세우고 바닥에 세제를 풀어 닦는다. 하얀 거품은 이내 분홍색으로 변한다. 흰 가운에 물방울이 튀어 거무튀튀하게 변한다. 군인들은 검붉은 얼룩이 번진 매트리스를 밖으로 옮겨 소각장에 쌓는다. 새 매트리스를 채울 필요는 없다. 덕분에 아이들은 방을 넓게 쓸 수 있다.

청소가 끝나자 흰 가운들은 물걸레와 양동이를 들고 방을 떠난다. 피로한 얼굴을 마스크로 감춘 채 더러워진 가운을 끌고 복도를 지나 건물을 떠난다. 문을 나선 순간 사이렌이 울린다. 아침이다. 복도에는 세제 냄새가 강하게 풍기고 미처 지우지 못한 핏자국이 남아 있다.

소문

기상 사이렌이 울리고 한참이 지났지만 잠잠하기만 했다. 밤을 뜬눈으로 지새운 아이들은 멍한 표정으로 웅크리고 앉았다. 설핏 잠들었다가도 작은 기척에 화들짝 놀라 눈을 뜬다.

"왜 아무도 안 나타나지?"

위령이 렌에게 속삭인다. 렌과 위령은 팔베개를 하고 마주 보고 누웠다. 렌은 위령의 눈을 피하지 않는다. 위령은 이렇게 가까이서 보니 렌의 눈이 참 근사하다고 새삼 느낀다. 크림을 층층이 쌓은 초콜릿시트 위에 블랙체리를 올린 포레스트케이크와 민트초코스무디가 함께 놓인 테이블을 보는 기분이다. 포레스트케이크와 민트초콜릿은 위령의 최애 리스트 중 상단에 자리 잡는다.

"다친 애들이 많은가 봐."

렌의 말에 위령의 얼굴이 어두워진다. 그러고는 한숨을 내쉰다.

"나는 진짜 최악인 것 같아."

"으응?"

"이런 상황에서도 배가 고프다."

무리도 아니다. 전날 점심부터 아무것도 먹지 못했다.

"나도 그래. 화장실도 가고 싶고."

"여기에 비하면 감옥은 천국일 거야. 감옥에선 밥은 제때 주겠지. 젠장, 우리가 뭐 죄라도 지었냐? 진짜 억울하다."

위령은 곰곰이 생각해 봤다. 큰 죄는 아니지만 이런저런 잘못은 좀 저질렀다. 엄마에게 운동화 산다고 용돈 받아 햄버거를 사먹고, 이를 닦았다고 거짓말도 하고, 엄마가 잔소리하면 대들기도 했다. 여기 있는 아이들도 모르긴 몰라도 거의 비슷하리라. 성격이 거지 같은 애들도 있지만 그래 봐야 어른에 비하면 거의 천사에 가깝지 않을까?

"감옥이 천국이란 말은 취소야. 범죄자들이 천국에 가는 건 말이 안 되지. 근데 이 상황은 더 말이 안 되는데."

위령이 천장의 카메라를 향해 가운뎃손가락을 들어 보였다. 카메라가 느리게 방향을 바꿨다.

"그 얘기 진짜일까?"

옆에서 소곤대는 소리가 들려왔다. 무릎을 세워 앉은 아이 둘이 머리를 맞대고 얘기 나눈다. 이곳에서 소일거리라곤 대화뿐이다. 둘은 늘 렌의 곁에서 자는 애들이다. 율리와 준지, 열네 살 동갑으로 여기 와서 친해졌다. 둘이 하는 얘기를 듣고 알게 되었다. 두 아이는 왠지 서로 닮았다. 생김새보다는 느낌이 비슷하다. 늘 귀를 쫑긋 세우고 사방을 부지런히 두리번거리는 다람쥐 같다.

"발작 말이야, 10대만 공격하는 바이러스 때문이라던데."

율리가 비밀 얘기라도 하듯 말했다.

"근데 왜 열세 살부터 열아홉 살까지만 소집 대상이야? 열두 살은 바이러스가 공격 안 해?"

준지가 미심쩍은 목소리로 물었다.

"열세 살부터 열아홉 살 애들만 발작했대."

"막 열세 살 된 애들은 되게 억울할 것 같아. 며칠 차이로 소집 대상이라니. 어차피 난 상관없지만."

"그치, 좀 불공평한 것 같긴 해."

"그게 아니라 악령이 씐 거라던데. 발작의 형태도 그렇고 갑자기 괴력이 생겨서 사람을 해치는 게 똑같대. 심령이랑 퇴마 쪽에서 되게 유명한 유튜버가 그랬어."

준지가 새로운 가설을 말한다.

"악령?"

"원래 10대가 귀신 들리기 쉽대."

"그 얘기가 맞다면 퇴마하면 되잖아."

"그게 힘든가 봐. 다 사기꾼이고 진짜 퇴마사가 잘 없대."

방 안에는 온갖 소문이 돌아다닌다. 화학 테러부터 좀비설, 외계인 침입설, 지구 멸망설 등 갖가지 의견이 난무했다. 믿을 만한 얘기는 별로 없었다.

왜일까? 렌은 천장을 바라보며 캠프를 떠올린다. 렌을 쫓다 비명을 지르며 산에서 내려간 아이들, 갑작스러운 야영장 철수, 맹수의 습격, 학교의 입단속. 그때 입원해서 오랫동안 등교하지 않은 애들이 있었다. 뒤늦게 알았지만 그게 시작이었다. 한 달 전쯤의 일이다. 아득히 먼 옛날처럼 느껴진다. 뉴스에 처음으로 보도된 이후 천여 건 넘게 사건이 일어났다. 하루 서른 명꼴로 아이들이 발작했다. 사상자는 수천 명. 아무도 발작의 원인을 몰랐다. 다양한 분야의 전문가들이 나와 이유를 추정했지만 누구도 정확히 결론을 내지 못했다.

발작을 일으킨 아이들에게는 전조 증상이 있었다. 호흡 곤란, 두통, 현기증, 열감, 가슴 통증과 구역질, 급격한 불안과 두려움. 어떤 아이는 소리가 들리지 않았다고 했다. 그런가 하면 이명이 들린 애도 있다. 눈앞이 컴컴해졌다고도 하고 세상이 온통 붉은 빛으로 보였다고도 했다. 붕 뜬 느낌이 들기도 하고 바닥으로 한없이 추락하는 것 같기도 했다. 그러고는 아무것도 기억하지 못했다. 정신을 차리고 나면 자신이 한 짓에 크게 충격받았다.

"악령 같은 소리 하고 있네."

공격적인 말투였다. 렌은 고개를 돌려 말한 아이를 찾았다. 수건을 두건처럼 머리에 둘러 이마를 드러내고 눈매가 날카로운 아이였다.

"키아즈마 때문이야."

순간 렌의 가슴이 누근거렸다. 전혀 예상치 못한 단어다. 아이들의 눈이 두건에게 쏠렸다.

"왜 소집 대상이 열아홉 살 이하인 줄 알아? 열아홉 살부터 넥스트 제너레이션 세대거든. 유전자 시술 의무 대상. 물론 여기 나도 넥스트 제너레이션이고. 영재, 천재 만드는 기술이라고 난리였지만 사실 제대로 검증되지 않았다고. 어떤 부작용이 있을지 모르면서 냅다 상용화해서 어떻게 됐게? 짠! 애들이 괴물이 됐네! 무슨 의미인지 알겠지?"

모두 조용히 다음 말을 기다렸고 두건을 한 아이는 아이들의 관심이 만족스러운 눈치였다.

"키아즈마는 떼돈을 벌었어. 그리고 넥스트 제너레이션 시술을 의무화하는 법을 만든 누군가도 한몫 챙겼겠지. 근데 피해는 누가 봤다?"

두건이 날카로운 눈으로 방 안을 한 번 훑어보았다.

"우리는 이용당하고 버려진 거야. 실험실의 쥐처럼. 실험이 실패했거든."

아이들이 어리둥절한 표정으로 눈빛을 교환했다. 새로운 소문의 진위가 궁금했다.

"너, 그 얘기 어디서 들었어?"

또랑또랑한 목소리. 아이들의 눈이 목소리가 들려온 곳을 향해 일제히 움직였다. 이지였다.

"유튜브에서 봤지? 조회 수 올리려고 선정적인 제목으로 관심 끄는 유튜브 맞지?"

등과 허리를 꼿꼿이 펴고 팔짱을 긴 이지가 물었다. 두건의 눈빛이 흔들렸다.

"넥스트 제너레이션이 문제라는 게 확실해? 부작용으로 발작한다는 게 검증된 얘기야? 그럼 너도 괴물처럼 변하겠네? 응?"

두건의 뺨이 딱딱해지고 이지의 눈을 피해 얼굴을 돌렸다.

"알아? 그런 유튜버들 때문에 우리가 이렇게 됐다고. 애들을 가두라고 선동해서 결국 소집령 내리는 데 지대한 공을 세우셨어. 그런데 그 말을 믿어?"

이지가 아이들을 찬찬히 둘러봤다. 눈이 마주친 아이들이 고개를 젓는다.

"너 유튜버 편이야? 우리가 실험용 쥐고, 실패작이야?"

이지가 확인해야겠다는 듯이 몰아붙였다. 두건이 눈을 떨군 채 잠시 침묵하다 아니,라고 대답했다.

"내가 잘못 생각한 것 같아. 미안해."

"괜찮아. 사람은 누구나 실수하니까."

이지가 너그러이 용서하듯 미소를 지었다.

"뭐야, 쟤. 선거 나온 줄."

위령이 렌에게 속삭였다.

그때 문이 열리고 흰 가운들이 음식을 들고 들어왔다. 소란은 일시에 멈췄다.

렌은 생각에 빠져 위령의 말에 대꾸하지 못했다. '키아즈마'란 단어가 아직도 마음에 남아 있다. 엄마의 직장, 그 키아즈마였다.

체조

이튿날 다시 운동장에 집합했다. 운동장은 무거운 침묵에 싸여 있고 아이들은 긴장한 표정이다.

렌은 고개를 돌려 재빠르게 훑어본다. 푸른색 리본을 단 줄. 다른 줄의 반으로 줄어 있다. 그러다 렌은 발견했다. 양쪽 눈동자 색이 다른 아이. 다행이다. 무사했다. 그 아이도 렌을 봤다. 두 사람의 눈이 허공에서 만났다.

귀를 긁는 확성기 소리. 렌은 고개를 돌린다.

선글라스를 낀 대령이 단상에 오른다.

"또 땅 파라고 하기만 해. 판 땅에 바로 묻어 줄 테니까."

위령이 대령을 노려본다.

"어제 일로 제군들에게 매우 실망했습니다."

대령이 말한다.

"뭐래. 나야말로 실망이다."

위령이 기가 막힌 얼굴로 중얼거렸다.

아이들은 모두 굳은 표정으로 대령에게 집중한다.

"체력과 순발력, 끈기와 인내력, 통솔력과 협동 정신. 어느 것도 제군들에게서 볼 수 없었습니다. 지금까지 인류 역사상 가장 뛰어난 세대인, 넥스트 제너레이션이라는 게 의심스러울 정도입니다. 여러분은 완전히 다른 사람이 돼서 이곳을 떠나게 될 겁니다. 내가 여러분을 돕겠습니다. 단체 생활에서 가장 중요한 게 뭐라고 했지, 너?"

맨 앞줄에서 불시에 지목받은 아이가 화들짝 놀라 대답한다.

"지휘자의 명령입니다."

"좋아. 역시 똑똑하군."

대령이 이를 드러내고 웃는다. 선글라스가 햇빛을 받아 번득인다.

"우선 여러분의 긴장과 근육을 푸는 체조를 하겠다. 조교의 시범이 있겠다."

대령의 말이 끝나자마자 군인 하나가 단상 위로 올라온다.

잠시 뒤 아이들은 구령을 외치며 땅을 구르고, 제자리를 박차고, 쪼그려 앉았다 뛰기 시작했다. 흙먼지가 가득 날린다. 삼십 분이 지나자 숨이 거칠어지며 자세가 흐트러진다.

한 시간이 지났다. 주저앉고 쓰러지는 애들이 속출한다. 천둥이 울린다. 비명이 터진다.

허공에 총을 쏜 대령이 이를 드러내고 웃는다.

날카로운 확성기 소리. 즉시 일어나라고 대령이 명령한다. 아이들은 비틀거리며 가까스로 일어난다.

"설마 이 정도로 겁먹은 건 아니겠지? 대답해라, 겁나나?"

아이들은 겁먹었다.

"잘 안 들린다. 겁나나?"

"아닙니다!"

아이들이 목청껏 외친다.

대령이 손에 쥔 작은 기계를 보이며 말했다.

"대답 소리가 80데시벨 나왔다. 90 가능한가? 대답해라."

아이들이 목이 찢어져라 소리 지른다.

"좋아. 이제 몸도 풀었으니 본격적으로 시작한다."

대령이 규칙을 추가한다. 구령을 붙여 열 가지 체조 동작을 서른 번 반복한다. 동작을 틀리는 사람이 있거나 소음계로 측정한 구령이 90데시벨을 넘지 못하면 중단하고 다시 시작한다. 마지막 동작에는 구령을 붙이지 않는다. 만약 구령을 붙이는 사람이 있으면 마찬가지로 처음으로 되돌아간다. 성공하면 상은 역시 휴대폰 사용 삼십 분. 설명이 끝나자마자 총소리가 울린다.

아이들이 구령을 외치며 뛰고 구르기 시작했다. 군인들은 아이들을 지켜보고 대령은 소음계를 들여다본다. 열한 번째에 대령이 멈추라고 한다. 구령 소리가 작았다. 처음부터 다시 시작이다. 다섯 번째에 멈춘다. 군인이 동작이 틀렸다고 주황색 리본을 단 줄에서 한 아이를 지적한다. 다시 시작한다. 열일곱 번째에 멈추고 군인이 앞서 틀렸던 아이를 다시 지적한다. 불평이 쏟아진다. 아이는 틀리지 않았다고 항의하지만 아이들의 야유에 목소리는 묻힌다. 다시 시작한다. 아홉 번째 멈춘다. 구령 소리가 작았다. 다시 시작이다.

멀리 하늘이 핏빛으로 물들기 시작했다. 쓰러지는 애들이 속출한다. 대령이 하늘에 대고 총을 쐈다. 아이들은 일어나지 못한다. 군인들의 총이 아이들을 겨눈다. 아이들이 울며 일어난다. 다시 팔다리를 흐느적대기 시작한다. 얼마 지나지 않아 중단되고 시작하기를 반복한다. 여기저기 울부짖는 소리가 터져 나온다. 주위가 차츰 어둑해진다.

렌의 근처, 가슴에 자주색 리본을 단 여자애가 푹 쓰러진다. 아이는 일어나지 못한다. 군인 하나가 와서 아이를 살핀다. 몸을 흔들어 보지만 아이는 축 늘어져 꼼짝도 하지 않는다. 흰 가운 둘이 달려와 군인과 함께 아이를 줄에서 끌어낸다.

쓰러진 아이는 적어도 더는 체조를 하지 않아도 된다. 이 지옥에서 벗어날 좋은 방법이다. 아이들은 바로 실천에 옮기기로 한다. 그때 총소리가 울린다. 흙먼지가 자욱하게 인다. 아우성이 터진다. 삽시간에 줄이 흩어지며 아비규환이 된다.

총알은 아이들을 비켜 갔다. 몇몇 아이가 쓰러지듯 주저앉아 울음을 터뜨린다.

그저 겁을 주려던 것뿐이었나? 그렇다고 진짜 아이들을 향해 총을 겨눴어? 렌은 공포로 몸이 얼어붙는다. 하지만 다시 움직여야만 한다.

아이들은 유령처럼 흐느적흐느적 팔다리를 휘젓는다. 더는 체조라고 할 수 없는 동작이지만 계속한다. 멈출 수 없고, 쓰러져서도 안 된다. 아이들의 눈은 멍하다. 그저 움직일 뿐이다.

더는 못 해. 렌은 다리에 아무 감각이 없다. 눈앞이 흐릿하다. 땀인지 눈물인지 모르겠다. 목이 쉰 지도 오래다. 쭈그려 앉는 동작을 하다 렌은 주저앉는다. 웅크린 채 꼼짝하지 않는다. 일어날 힘이 없다. 더는 못 버텨. 그냥 총을 쏴. 그럼 다 끝나고 편해질 테니까.

렌은 문득 예전 일이 떠오른다. 초등학교 3학년 때였다. 점심시간에 남자애들 다섯이 렌을 끌고 운동장으로 갔다. 그 애들은 매일 렌을 괴롭히는 재미로 학교에 다녔다. 끌려가며 렌은 떨었다. 다른 아이들이 봤지만 늘 그랬듯 모르는 척했다. 몇 명은 구경하러 따라 나왔다. 운동장 구석에 스케치북에서 뜯어낸 종이 몇 장이 깔려 있었다. 남자애들이 렌에게 그 위를 걸으라고 했다. 종이 아래 뭔가 있구나. 렌은 눈치챘다. 좋은 게 아님은 분명했다. 렌은 싫다고 했다. 아이들은 아무것도 아니라고, 딱 한 번만 밟아 보라

고 살살 부추기다 시키는 대로 안 하면 가만두지 않겠다고 윽박질
렀다. 렌은 버텼다. 하지만 알았다. 결국은 종이를 밟아야 한다는
걸. 아이들이 원하는 대로 돼야 끝이 난다. 아이들이 렌의 팔을 잡
아당겼다. 렌은 도리 없이 끌려갔다. 종이를 밟은 순간 렌의 발이
쏙 빠졌다. 애들이 환호성을 질렀다. 이 순간을 위해 열심히 판 구
덩이에 오줌을 누며 얼마나 신났을까. 왜? 왜 이렇게까지 하는 거
지? 단지 다른 사람이 괴로워하는 모습을 보겠다고? 도대체 왜?

위령이 렌의 손을 잡았다.

"내버려둬."

렌이 가쁜 숨을 내쉬며 말한다.

"안 해. 안 할 거야."

위령도 쓰러지기 일보 직전이다. 그냥 땅바닥에 드러눕고 싶다.
하지만 이렇게 죽고 싶진 않다. 멋진 인생을 살고 싶은 건 아니었
다. 아니, 조금은 그런 맘이 없진 않았다. 돈 많이 벌어서 먹고 싶
은 걸 맘껏 먹고 싶었다. 이제는 아무래도 상관없다. 여기서 나갈
수만 있으면 좋겠다. 그래도 크림도넛은 한 번 더 먹고 죽고 싶다.

"야, 일어나. 정신 놓으면 안 돼."

위령이 렌을 힘겹게 일으킨다.

렌과 위령 때문에 처음부터 다시 시작했다. 아이들은 비난할 기
운도 없다.

벽을 따라 설치된 조명이 켜진다. 불빛 아래 하루살이 떼가 몰

려들어 춤을 춘다. 구령 소리가 끊어질 듯이 간신히 이어진다.

날카로운 확성기 소리가 울린다. 대령이 중단하라고 말한다. 아이들은 신음을 내며 주저앉는다. 대령이 일어나라고 명령한다. 아이들은 명령에 따르기 위해 이를 악물고 일어난다. 성공하지 못했으니 상은 없다고 대령이 말한다. 아이들은 별로 기대하지 않았으므로 실망도 크지 않다. 오늘 저녁도 없다고 대령이 덧붙인다. 그런 규칙이 있었던가. 아이들은 기억하지 못한다. 아무도 이의를 제기하지 않는다.

어둠 속에서 아이들이 줄을 서서 조용히 건물로 향한다. 발을 끌며 어딘가 고장 난 모습으로.

렌은 비틀거리며 간신히 걸음을 옮긴다. 다리는 풀려서 제멋대로 휘적이고 머릿속은 텅 비어 아무것도 생각할 수 없다. 고개를 떨군 채 앞선 아이의 신발 뒤축만 따라 걷는다. 아이들은 체념과 복종에 길들었다. 단 며칠 사이였다. 너무도 빨리 포기를 배웠다. 아직 한 번도 배우지 않은 것이었다.

렌은 고개를 돌려 높은 담을 바라봤다. 이제까지 알던 세상이 아득히 멀리 떨어져 있는 것 같다. 위령이 렌의 손을 꽉 쥔다. 두 사람은 손을 맞잡고 걷는다.

그날 밤 남자애 하나가 갈비뼈가 부러져 실려 나갔다. 체조 동작이 틀렸다고 여러 번 지적당한 아이였다. 아이들은 분노하고 분노의 화살은 엉뚱한 데 꽂힌다.

타주

조는 현관문 밖에 둔 그릇을 살펴보았다. 사료와 물이 그대로다. 마당을 둘러봤지만 로라의 흔적은 없다. 멀리 가 버린 모양이다. 로라는 같이 살기 시작한 뒤부터는 동물병원 갈 때 외에 단한 번도 집 밖으로 나가 본 적 없었다. 혹시 사고라도 당하지 않았을까.

진에게 문자 메시지가 왔다. 진은 렌이 어릴 때 돌봐 주던 베이비시터다. 렌은 진을 잘 따랐다. 더는 베이비시터가 필요치 않게된 뒤로도 종종 집을 비우게 될 때 로라를 봐 주러 오곤 했다. 진은 동네를 뒤지며 로라를 찾고 있으나 아직 눈에 띄지 않는다고했다. 하지만 꼭 돌아올 테니 너무 걱정하지 말라는 다정한 말도 덧붙였다. 조는 눈가를 닦고 집 안으로 들어갔다.

거실 테이블 위에 입을 벌리고 있는 피자 상자와 먹다 남은 피자 조각들이 널려 있었다. 다른 때 같았으면 가이에게 잔소리 한마디 했겠지만 조는 말없이 테이블 위를 정리했다. 조와 가이는 계속 서로를 피하고 있었다. 가이를 책망하고 싶지는 않았다. 하지만 조는 아직 아들의 얼굴을 볼 자신이 없다.

가이는 렌을 싫어했다. 처음 본 순간부터 렌에게 거부감을 보였다. 불쑥 나타나 엄마를 빼앗아 간 침입자라고 여기고 렌을 적대시했다. 그런 가이에게 렌을 동생으로 받아들이라고 할 수 없었다. 그 대신 가이에게 각별한 관심을 쏟으며 달래려 노력했다. 하지만 노력이 모자랐던 모양이다. 시간이 지나면 나아지리라 기대했는데 바라는 대로 되지 않았다. 관계 개선을 위한 적극적인 시도가 필요했지만 맞부딪치기 싫어 회피한 결과이리라. 생각해 보면 살아오는 내내 그랬던 것 같다. 내 탓이야. 조는 자신에게 잘못을 돌린다. 그러지 않으면 아들을 용서할 수 없을 것 같다.

강에게서는 연락이 없었다. 렌이 어디에 있는지 알아봐 달라고 부탁했다. 강은 거절하지 않았지만 부탁을 들어주겠다고도 하지 않았다. 마음만 먹으면 강은 쉽게 해결할 수 있었다. 조는 휴대폰을 들었다가 다시 놨다. 렌이 잘 지내고 있는지만이라도 알고 싶었다. 모든 부모가 같은 심정일 것이다. 조는 렌이 친자식이 아니라고 생각해 본 적 없다. 현관 앞에서 상자에 담겨 있는 렌을 발견한 때부터 단 한 순간도.

렌은 늪지 출신일 것이다. 렌의 눈을 보는 순간 알았다.

조는 종종 늪지를 방문했다. 오래전부터 늪지에 관심이 있었다. 자연적으로 거대한 늪과 숲이 생성된 곳. 알려지지 않은 땅. 늪지 주변의 환경에 관한 연구가 겨우 명맥만 이어지는 형편이었다. 아니, 거의 외면되어 왔다.

도시와 멀지 않은 곳인데도 불구하고 늪지는 마치 외따로 떨어진 섬 같았다. 아니, 타임머신을 타고 불시착한 곳에 가까웠다. 늪지 사람들은 시간을 거스른 듯한 생활 방식으로 산다. 매우 오래된 시대의 유령처럼. 어떤 의미에선 진짜 유령이었다. 주민등록번호도 부여받지 못하고 세금도 내지 않고 도시의 어떤 혜택도 누리지 못하는, 존재하지만 존재하지 않는 이들.

조는 늪지에서 그 여자를 만났다. 여자의 한쪽 눈동자는 진한 갈색이었고 다른 한쪽은 녹청색인 오드 아이였다. 눈동자에 햇빛이 닿으면 색이 밝아져 한쪽은 맑간 바닷빛으로 보였다. 그런 바다를 조는 사진으로만 봤다. 이제 그런 푸른 바다는 없다.

여자는 타주였다. 이름이 아니라 여자가 하는 일을 이르는 말이었다. 타주는 마을에서 특별한 역할을 담당했다. 도시로 치면 의사이자 약사였다. 타주의 집에선 늘 독특한 향이 풍겼는데, 숲과 늪지에서 채집한 식물을 말리는 냄새였다. 타주가 환자를 진찰하고 치료하는 과정을 본 적 있다. 조의 눈에는 그것이 의술이라기보다 주술에 가깝게 느껴졌다. 타주는 신비로운 마법사 같았다.

타주는 조를 반기지 않았지만 그렇다고 경계하지도 않았다. 먼저 말을 꺼내진 않아도 조의 질문에 대부분 대답해 주었다. 타주에게 듣기로 늪지에 자신과 같은 눈을 가진 여자들이 몇 있는데 그들은 타주의 친척이었다. 조는 그 뒤로 늪지의 다른 마을로 오드 아이 여자들을 찾아다녔다. 세 명을 더 만났는데 한 여자는 타주와 비슷한 나이였고 또 다른 여자는 조의 또래였는데 조를 경계했다. 둘 다 그 마을의 타주였다.

마지막 오드 아이는 스무 살을 갓 넘은 여자였다. 앳된 얼굴의 여자는 도시에 관심이 많았다. 젊은 여자와는 몇 번 만나 얘기를 나누었다. 조가 방문할 때마다 가져간 비누와 과자, 빗과 핸드크림 같은 작은 선물에 무척 기뻐했다. 환심을 사려고 한 선물은 아니었지만 여자는 조에게 서서히 마음을 열었다. 여자의 오드 아이는 할머니를 닮았다고 했다. 그의 엄마는 오드 아이가 아니었다. 여자는 타주였던 할머니로부터 약초에 대해 배우긴 했지만 타주가 되고 싶진 않다고 했다. 여자는 도시로 나가고 싶어 했다. 조는 망설이다 여자에게 명함을 줬다. 혹시 도시에 온다면 찾아오라고 당부했다. 여자에게 도움이 필요할 때가 오리라 생각했다. 도시는 젊은 여자에게 위험한 곳일 수도 있다. 한참 만에 다시 찾아갔을 때 여자는 어디론가 떠나고 없었다.

렌의 친부모는 늪지와 관계있을 것이다. 무슨 이유로, 어떤 사정으로 아이를 조의 집에 두고 갔는지 모른다. 조는 렌의 부모를 기다렸다. 동시에 다시 찾지 않길 간절히 바랐다. 렌을 처음 본 순간, 내 아이라고 생각했다. 조는 렌이 온 뒤에 늪지에 발을 끊었다. 늪지에 대한 호기심도 버렸다. 조에게도 늪지는 존재하지만 존재하지 않는 곳이 되었다.

조는 휴대폰을 들여다보았다. 여전히 아무 연락도 없다. 망설이다 전화를 건다. 그때 갑자기 2층에서 요란한 소리가 났다.

조는 가이의 방으로 달려갔다. 방문이 왈칵 열리며 가이가 뛰쳐나왔다. 이상하게 번들거리는 눈, 초점을 잃은 눈동자. 가이가 조에게 덤벼들었다.

조는 가까스로 달아난다. 침실로 피하자마자 문을 잠근다. 밖에서 문을 차는 소리가 난다. 조는 휴대폰 발신 버튼을 누른다. 발작을 일으킨 청소년을 발견하면 즉시 경찰에 신고해야 한다. 그것이 지침이었다. 이어지는 발신음. 전화를 받지 않는다.

문밖에서 요란한 소리가 들려온다. 조는 휴대폰을 귀에 대고 다른 한 손으로 서랍을 연다. 서랍 안을 뒤지는 손이 덜덜 떨린다. 몸으로 문을 부딪치는 소리. 얼마 버티지 못할 것 같다. 마침내 통화가 연결된다. 조는 휴대폰에 대고 다급하게 말을 쏟아 낸다. 문이 부서지는 소리.

드디어 찾았다. 그때 방문이 떨어져 나가고 가이가 달려든다. 조가 가이 팔에 주사기를 꽂는다. 바닥에 떨어진 휴대폰에서 강의 목소리가 들려온다. 조는 아들마저 경찰에 넘길 수는 없었다.

악몽

위령은 빵을 씹으며 주위를 둘러본다. 딱딱한 빵 두 조각과 주스, 삶은 달걀 한 개를 받자마자 아이들은 허겁지겁 먹기 시작했다. 바닥에 흘린 부스러기까지 주워 먹는다. 식사 예절 같은 건 잊은 지 오래다. 그래도 먹을 힘이 있다면 다행이다. 간혹 먹지 않는 아이가 있다. 그런 아이들은 위험했다.

위령이 우두커니 앉아만 있는 아이 옆으로 갔다. 얼굴이 창백하고 눈이 유독 큰 아이는 위령을 경계한다. 위령은 아이 옆에 앉더니 말을 걸었다. 잠시 뒤 아이가 살짝 웃었다. 그러고는 위령이 빨대를 꽂아 준 주스를 마셨다.

"뭐라고 했어?"

자리로 돌아온 위령에게 렌이 물었다.

"이름이 우미래. 여기 들어오기 이틀 전이 열네 살 생일이었는데 엄마가 바이올린을 선물했대. 유명한 장인에게 일 년 전에 주문해서 받았는데 몇 번 켜 보지도 못했다나 봐."

렌은 우미를 바라봤다. 조용히 빵을 먹고 있었다. 열네 살치곤 몸집이 작았다. 그래도 렌보다는 작지 않다. 이 방에서 제일 몸집이 작은 아이와 제일 덩치가 큰 아이는 단연 눈에 띄는 한 쌍이다.

"바이올리니스트가 꿈인가 봐."

"바이올린 켜기 싫대. 엄마가 시켜서 억지로 한 거래. 그래서 엄마들은 원래 딸들 화나게 하는 생일 선물 고르기 선수들이라고 말해 줬지."

렌은 픽 웃었다. 위령은 여기서 렌을 웃게 하는 유일한 존재다.

"야, 넌 몰라. 우리 엄만 진짜 장난 아니야."

위령이 한숨을 크게 내쉬어서 렌은 또 웃었다. 웃지 않으면 견딜 수 없어서다. 엄마라는 말만 들어도 눈물이 날 것 같다.

위령은 빨대로 주스를 빨았다. 이미 다 먹은 주스 팩에서 아쉬운 소리만 쪽쪽 난다. 위령은 청소 좀 하라고 엄마가 잔소리하는 지저분한 자기 방으로 돌아가고 싶었다. 옷이 아무 데에나 널려 있고 읽다 만 책을 쌓아 놓은 곳. 침대에 누워 입안 가득 과자를 물고 유튜브를 보며 낄낄거리고 뜨거운 물에 오랫동안 샤워하고 싶다. 좋은 냄새가 나는 부드러운 이불이 간절하다. 모든 것이 그립다. 심지어 엄마마저 좀 보고 싶을 정도다. 가장 그리운 건 역시 동생 미루였다.

미루의 아빠는 엄마의 세 번째 남편이다. 어릴 때 부모님이 이혼하고 그 뒤로 위령은 아빠를 종종 만났으나 엄마가 재혼한 다음 연락이 끊겼다. 엄마의 재혼 기간은 짧게 끝났고 위령은 내심 기뻤다. 엄마가 재혼한 아저씨는 별로였다. 늘 술을 마시고 엄마와 다투다 살림을 때려 부수고 엄마에게 손찌검도 했다. 한번은 또 술에 취해 엄마를 때리려 하기에 위령이 막아섰는데 아저씨가 위령에게 주먹을 올렸다. 그걸 보고 엄마가 사자처럼 포효하며 아저씨에게 달려들었다. 그날 엄마와 위령이 힘을 합쳐 아저씨를 쫓아냈다. 그때만큼은 누가 뭐래도 엄마와 위령은 한편이었다.

엄마가 세 번째 결혼한 아저씨는 좀 무뚝뚝했지만 술도 안 마시고 위령에게 친한 척도 않고 아빠라고 부르라고도 안 했다. 아저씨가 싫진 않았지만 함께 있으면 조금 불편했다. 하지만 미루가 태어나면서 변했다. 미루를 둘러싼 모든 것, 심지어 공기까지 포근포근하고 말랑말랑해서 불편함도 어색함도 핫초코 속의 마시멜로처럼 삽시간에 녹아 버렸다. 집 안이 웃음소리로 가득 찰 수 있다는 걸 처음 알았다. 위령은 미루를 안고 한시도 내려놓지 않았다. 밤에 우유도 먹이고 기저귀도 갈고 자장가를 불러 재웠다. 미루의 모든 게 다 예뻤다. 심지어 잔뜩 부푼 기저귀까지. 미루가 위령을 향해 입을 오물거리며 언니라고 불렀을 때는 지구를 뚫고 나갈 듯이 기뻤다. 위령은 미루가 크림도넛만큼 좋았다. 솔직히 말하면 크림도넛보다 만 배는 더 좋다.

그날 밤 우미가 주뼛대며 위령과 렌 옆으로 왔다.

"엄마 욕하고 싶으면 여기 누워. 바이올린 욕도 괜찮아."

위령이 옆자리를 탁탁 두드리며 말했다. 우미의 입꼬리가 올라갔다.

"여기서 나가면 제일 먼저 뭘 먹고 싶어? 한 개? 적어도 열 개는 골라야지."

위령이 우미를 향해 누워 물었다. 킥킥대는 소리가 이어졌다. 대화는 취침 사이렌이 울리고 나서야 멈췄다.

우미는 자면서 흐느꼈다. 악몽이 우미를 두렵게 한다. 우는 소리에 깬 렌이 우미의 손을 가만히 잡는다. 로라도 간혹 자다 울곤 했다. 길에서 살 때 꿈을 꾼 걸까. 꿈에서 로라는 엄마와 헤어지고 배를 곯고 누군가가 던진 돌에 맞아 울고 있었을지도 모른다. 그때마다 렌은 로라를 안고 토닥여 줬다. 그러면 로라는 칭얼대다 잠들고 렌은 구운 아몬드 냄새가 나는 털에 얼굴을 묻었다. 렌은 우미의 등을 가만히 토닥인다. 잠시 뒤 우미가 고른 숨소리를 냈다. 작은 아이의 눈물을 렌이 살며시 닦아 줬다.

우미는 위령과 렌의 곁에서 지낸다. 렌이 그랬듯 위령의 말에 웃는다. 위령을 좋아하는 것 같다. 어떻게 그러지 않을 수 있겠는가. 렌은 어릴 때부터 줄곧 따돌림당했다는 위령의 말을 믿을 수 없었다. 잠시만 얘기 나눠도 빠져들지 않을 도리가 없는데, 어째서?

암사자

밖에서와 마찬가지로 여러 이유로 아이들은 친구가 되고 무리를 지었다. 같은 나이라서, 원래 알던 사이라, 말이 통해서, 도움이 필요해서, 심심해서, 혼자 있기 싫어서, 무서워서. '나를 지키기 위해서'는 그 어느 때보다 매력적인 이유가 된다.

제일 큰 무리는 이지를 중심으로 모인 십여 명의 애들이었다. 무리의 아이들은 비슷해 보였다. 모두 키가 훌쩍 큰 데다 체격이 좋고 어른인 척한다. 이지는 밖에서도 친구들을 몰고 다녔을 것이다. 주목받는 데 익숙하고 아이들을 잘 다루는 아이. 사자 떼를 거느리는 털이 빛나는 암사자 같다.

무리 중에서도 이지를 그림자처럼 따라다니는 아이는 유리였다. 넥스트 제너레이션 음모론을 꺼냈다 이지에게 무참히 깨진 아이. 어찌 된 일인지 그날 이후로 이지와 유리는 둘도 없는 단짝이 되었다. 단짝이라고 해도 진짜 친구는 아닌지도 모른다. 유리는 늘 이지의 눈치를 보고 환심을 사려 애쓴다. 이지는 알면서도 즐기는 것 같다. 대개 약한 이가 힘을 지닌 이의 눈치를 본다. 친구는 힘의 관계가 아니다. 렌은 위령의 눈치를 본 적 없다. 환심이라면 좀 사고 싶다. 위령을 좋아하기 때문이다. 좋아하는 대상이 나를 좋아하는 기분이 얼마나 좋은지 렌은 조금 알고 있다. 또 로라를 생각해 버렸다.

이지 무리는 깃털을 펼치거나 털을 부풀려 위협하는 동물처럼 힘을 과시하고 싶어 했다. 그렇게 해서 차지해 봐야 보잘것없는 것들이었다. 얇은 이불이 하나 더 얹어진 잠자리와 식사 배급, 화장실, 샤워실에서 새치기하기. 새치기에 항의했던 아이 하나가 세면대에 머리가 처박힌 뒤로 아이들은 이지 무리가 뭘 해도 못 본 척했다. 아이들은 두 갈래로 나뉘었다. 이지 무리에 들어가고 싶은 애들과 이지 무리를 피하고 싶은 애들.

이지는 선택한 아이들로 무리를 이뤘지만 위령은 아이들에게 선택됐다. 처음 한동안 아이들은 위령을 멀리했다. 밖에서는 따돌림당하는 처지였다면 이 안에서 위령은 경계의 대상이었다. 여기에선 모두가 서로에게 위험한 상대였고 외양상 위령은 가장 위협적인 존재였다. 하지만 언젠가부터 아이들이 위령에게 다가왔다. 우미처럼 어리고 몸집이 작은 애들이었다. 작은 물줄기들이 큰 물줄기를 향해 모여드는 것처럼. 아이들은 본능적으로 안전한 곳을 찾았고 그곳이 위령의 곁이라고 판단했다. 위령은 다가오는 아이들을 마다하지 않았다.

방 안은 더위와 습기, 긴장과 짜증으로 가득 차 있다. 누가 발작할지 항상 불안하고 단체 생활은 불편하고 운동장이 두렵다. 시간이 지날수록 아이들은 열악한 환경에 지쳐 갔다. 식사는 형편없고 늘 배고팠다. 갈아입을 옷을 자주 주지 않아 냄새가 나고 수건과 담요도 악취를 풍긴다. 매트리스는 축축하고 벽은 곰팡이가 피었다. 잘 먹고 자지 못해 신경이 날카로워져 별것 아닌 일에 다툼이 일기도 했다. 불씨만 붙으면 바로 터지기 일보 직전의 상태다. 그래서 아이들은 필사적으로 찾았다. 이곳에서 벗어날 방법을. 잠이나 친구, 이곳에서 곧 나갈 수 있다는 희망이 잠시 피난처가 되어 주었다. 누군가는 화풀이 대상을 찾기도 했다.

"뭘 봐?"

렌이 화장실에서 차례를 기다릴 때였다. 누군가 렌의 어깨를 밀쳤다. 유리였다. 실수가 아니었다.

"하긴 그 눈으로 뭘 똑바로 볼 리 없지. 도대체 그런 눈은 어디서 사 오는 거냐?"

주변에 있던 이지 무리가 킥킥 웃었다.

"아, 실수로 태어난 원더 키드 옵션인가?"

렌은 유리를 가만히 쳐다봤다. 참아야 한다. 반응하면 휘말린다. 유리가 바라는 게 그거다.

"그런 더러운 입은 어디서 사는 거야?"

못 참았다.

유리의 얼굴이 일그러졌다.

"너, 믿는 구석 있다고 되게 까분다. 재수 없는 눈 안 치워?"

그때 화장실 문이 벌컥 열리고 위령이 나왔다. 위령이 유리의 눈을 지그시 바라보다 말했다.

"빨리 들어가. 안 급하냐?"

유리가 위령을 쏘아보고는 안으로 들어갔다. 위령이 렌을 슬쩍 보고 세면대로 갔다.

이곳에선 아이들이 렌을 괴롭히지 않는다. 다들 하루하루 견뎌 내는 것만으로도 벅차다. 아니, 렌은 잘 알고 있다. 그보다는 위령 이 늘 곁에 있어서였다. 위령은 렌의 수호천사다. 렌도 위령에게 그런 존재가 되고 싶다. 가능할지 모르겠지만. 우선은 위령에게 웃어 보였다.

이지 무리에게 위령은 눈엣가시였다. 하지만 위령은 호락호락 하지 않았다. 은근히 싸움을 걸어도 위령은 상대하지 않았다. 위 령에겐 익숙한 일이었다. 늘 시비나 조롱에 시달렸고 무시하는 데도 달관했다. 위령은 웬만하면 평화를 사랑했다. 평화는 배려에 서 나오는 법이라고 위령은 생각했다. 배부르고 편할 때는 비교 적 배려하기 쉽다. 이곳에서 배려는 꽤 노력이 필요한 일이었다. 위령은 노력했다.

"그러지 마."

다음 날 아침 식사 시간에 위령이 유리에게 말했다. 유리가 소여의 빵을 뺏으려 했다. 소여는 방에서 가장 어리고 렌처럼 몸집도 작다. 이지 무리는 아이들의 식사를 노리곤 했다. 빵과 달걀은 이 안에서는 절대 사소한 게 아니었다.

"그건 개 아침 식사야."

"그래서?"

유리가 씩 웃었다.

"돌려줘."

"쟤가 나한테 줬거든. 너, 먹기 싫다고 했지?"

유리는 등을 쭉 펴고 소여를 쳐다보며 묻는다. 큰 키가 더 커 보인다. 소여가 유리의 눈을 피해 고개를 숙인다. 작은 소여가 더 작아 보인다.

"굼벵이 재주 넘는 소리 하고 있네. 시끄럽고 빨리 돌려줘."

유리가 위령을 노려봤다.

"네가 뭔데? 너, 꼬맹이들이 따라다니니까 뭐라도 된 것 같지?"

"그래? 뭐라도 보여 줄까?"

위령은 유리가 소여에게 했듯이 그대로 한다. 등과 어깨를 쫙 펴고 유리를 내려다보았다. 유리도 크지만 위령이 머리 하나 정도 더 크다. 유리의 눈빛이 흔들린다.

어이없다. 고작 이런 말로 겁먹다니. 보여 주긴 뭘 보여 줘. 위령은 누구를 때려 본 적도 없고 물론 그럴 생각도 전혀 없다. 위령은 대체로 평화를 사랑한다.

"그만해."

멀찍이서 지켜보던 이지가 유리를 향해 말한다. 어쩌면 위령에게 말한 건지도 모른다. 유리가 입술을 꼭 깨문다.

"야, 받아."

유리가 빵을 바닥에 던진다.

"너, 적당히 해."

유리가 위령을 노려보며 말하고는 이지 무리로 돌아간다.

위령은 바닥에 떨어진 빵을 주워 툭툭 털어 소여에게 준다. 소여가 위령을 올려다본다. 위령은 미소 지으려 했지만 잘 안 된다.

위령은 자신의 주변에 모여 있는 작은 아이들에게서 동생 미루를 본다. 모두 자매처럼 느껴졌다. 위령에게 적대적인 아이들도 마찬가지였다. 이런 곳이 아니라면 아이들은 빵 한 조각을 두고 싸울 필요 없다. 위령은 그것이 슬펐고 그보다 큰 건 분노였다.

빵

사이렌 소리가 퍼진다. 어김없이 아침이 시작된다. 하지만 오늘은 뭔가 다르다.

식사를 가져온 흰 가운이 빵을 나눠 주지 않는다. 질서정연하게 줄 선 아이들은 초조하게 흰 가운을 바라본다. 늘 배가 고프고 아침에는 더 고프다. 밤새 먼 곳을 다녀왔기 때문이다. 문을 나가 복도를 지나 운동장을 가로질러 담을 넘어 걷고 또 걸어 겨우 집 앞에 도착해 엄마, 하고 말한 순간 아이들은 눈을 뜬다. 흐느끼며 잠을 깬다.

흰 가운이 한 아이를 가리키며 앞으로 나오라고 한다. 지목된 아이는 방 안에서 가장 어리고 몸집도 작은 아이, 소여다. 위령이 유리가 빵을 뺏는 걸 막아 준 뒤로 소여는 새끼 오리처럼 위령을 쫓아다닌다.

소여는 한 달 전에 열세 살이 됐다. 소여의 반 친구 중에는 소집되지 않은 아이들이 더 많았다. 야, 아깝다! 엄마 뱃속에서 한 달만 더 버티지! 위령이 말하자 그러게 말이야, 하고 씩 웃었다. 소여는 위령과 함께 지내며 많이 밝아졌다. 아니, 원래 쾌활하고 씩씩했는데 이곳에 와서 잔뜩 위축됐다. 소여는 학교 팀 축구 선수였다. 일곱 살 때 축구를 시작했고 프로 선수가 되는 게 꿈이다. 스피드와 순발력이 좋지만 작은 체구 탓에 힘이 밀린다.

위령은 틈날 때마다 소여에게 체중 늘리는 방법을 전수했다.

"땅콩잼을 세 숟가락씩 먹는 거야. 집에 있는 제일 큰 숟가락으로. 주걱이면 더 좋고. 물론 매끼에. 간식으로도 먹고, 자기 전에도 먹으면 좋지. 우울할 때는 반드시 먹어 주고. 기분 좋을 때 먹으면 기가 막히지. 도넛에 발라 먹는 것도 잊지 마. 느끼할 것 같다고? 아이, 세 통이 아니라 세 숟가락이라니까. 도대체 느끼하단 건 어떤 느낌이야?"

소여와 렌이 키득거렸다.

소여는 A10 구역에 살았다. 밤늦게까지 학원을 전전했다. 성적이 떨어지면 바로 축구를 그만두겠다고 엄마와 약속했기 때문에 축구 연습도, 공부도 열심히 했다. 엄마는 소여가 축구하는 걸 탐탁지 않아 했고 축구에 푹 빠진 소여를 의아한 표정으로 바라보곤 했다. 부모님은 2세를 계획하며 축구 DNA를 원하지 않은 게 분명했다. 하지만 소여는 늘 주전 선수로 뛰었고 소여의 팀은 꽤 우수했다. 계속한다면 소여는 프로 선수가 되고 싶다는 꿈을 이룰지도 모른다. 소여의 부모님은 한 번도 경기를 보러 온 적이 없었다. 렌과 위령이 구경 가겠다고 약속하자 소여의 얼굴이 환해졌다. 여기에서 나가서 하고 싶은 일에 하나가 또 더해졌다.

소여가 긴장한 얼굴로 흰 가운 앞으로 나가 섰다. 지시가 내려진다. 오늘은 소여가 빵을 나눠 준다. 큼직한 빵 두 개를 얹은 쟁반이 소여에게 주어진다. 쟁반 가장자리에 날이 잘 선 칼이 놓여 있다. 소여의 얼굴이 딱딱한 빵처럼 굳는다.

빵을 소여에게 맡기고 나서 흰 가운과 군인 들이 방에서 나갔다. 아이들의 눈이 소여만 바라본다. 모두 허기에 지쳤다. 참을 수 없을 만큼. 쟁반의 빵 두 덩어리를 통째로 다 먹어도 채워지지 않을 정도로 배고프다. 소여는 우두커니 빵을 내려다본다. 마흔여섯 명에게 빵을 공평하게 나눠 줘야 한다. 그러지 않으면 원성이 쏟아질 것이다. 누구에게 더 큰 조각이 가도, 더 작은 조각이 가도 안 된다. 소여는 이런 지시를 내린 흰 가운이 원망스럽다.

사방에서 어서 빵을 자르라고 성화다. 하는 수 없이 소여가 칼을 잡았다. 아이들이 소여의 손끝을 뚫어지게 바라본다. 소여의 손이 떨린다. 빵이 너무 딱딱해 자르기 쉽지 않다. 침이 마르고 등에 땀이 솟기 시작한다. 사각사각 빵 써는 소리가 얼음이 부서지는 소리 같다.

마침내 소여가 칼을 놓는다. 자른 빵이 담긴 쟁반을 아이들에게 보여 준다. 맨 처음 빵을 고르게 된 아이의 눈이 바쁘다. 어떤 것이 더 큰가. 쟁반으로 손을 내밀어 빵을 집으려는 순간 마음이 바뀐다. 옆에 있는 게 더 커 보인다.

"고르지 마!"

"빨리!"

아이들이 소리 지른다. 놀란 아이는 얼른 빵 조각을 집어 든다. 차례대로 빵을 고를 때마다 아이들이 큰 소리로 합창한다. 고르지 마! 고르지 마! 소여의 얼굴은 점점 파랗게 질려 간다.

"저걸로 줘."

유리가 쟁반을 가리켰다. 고르지 말라는 소리가 뚝 그쳤다. 소여는 거의 울 듯한 얼굴로 빵 조각 하나를 내민다.

"아니, 그 옆의 것."

유리의 변덕에 소여도 덩달아 갈팡질팡한다.

"바보 아냐? 빵 하나 제대로 못 썰어?"

유리가 쟁반 위로 손을 뻗어 빵을 휘젓는다.

"그만해. 뒤에 애들 기다리잖아."

위령이 소여의 옆에 서며 말했다. 위령과 유리가 맞서 서로를 노려본다. 유리는 힘으로는 위령을 당해 낼 수 없음을 잘 안다.

두 아이를 이지가 지켜본다. 이지는 유리 같은 애는 질색이다. 유리는 쓸데없이 문제를 일으킨다. 주목받고 싶어 한다. 외롭기 때문이다. 그럴수록 아이들은 피한다. 그래서 유리 같은 애는 다

루기 쉽다. 관심에 목마른 아이에겐 적당히 관심을 주면 된다. 그러고 나면 관심을 더 달라고 내장까지 다 꺼내 준다. 하지만 저렇게 나댈 때는 참기 어렵다. 수치라는 걸 모르는 애다. 그러나 더 못참겠는 건 위령이다. 정말이지 저 덩치 큰 아이가 싫다. 사사건건 참견해서 귀찮게 한다. 마치 제가 뭐라도 된 것처럼. 유전자 시술도 못 받은 주제에. 학교에서라면 위령 같은 애는 가만두지 않았을 것이다. 손 하나 까딱 안 하고도 가랑이 사이로 기게 할 수 있었을 텐데. 하지만 이곳에선 어째 그런 방식이 잘 먹히지 않았다.

"유리, 대충 골라."

이지가 유리를 향해 말한다. 유리는 이지를 힐긋 보더니 입술을 깨문다. 그리고 빵 조각 하나를 집자마자 쟁반을 발로 차 버린다.

빵이 사방으로 흩어져 바닥에 떨어졌다. 아이들이 빵을 향해 달려든다. 모두 필사적이다. 쟁탈전이 벌어진다. 바닥에 떨어진 빵이 발에 짓이겨진다. 빵은 형체도 없이 부서진다.

위령은 눈가가 홧홧해진다. 화가 나서 견딜 수 없다.

"너, 무슨 짓이야!"

"아, 미안. 실수였어."

위령의 눈에서 불꽃이 튄다.

"실수?"

위령이 유리의 어깨를 꽉 붙잡는다.

"부끄러운 줄도 몰라?"

"내가? 쟤네들이야말로 부끄러운 줄도 모르는 짐승 같은데."

자신도 모르게 위령이 손에 힘을 줬다. 유리가 비명을 지른다.

"야, 그 손 안 놔!"

이지가 소리 질렀다. 기다렸다는 듯이 이지 무리가 위령을 둘러싼다. 에워싼 아이들이 위령을 노려본다. 뭐야, 싸우자는 건가? 싸우고 싶지 않다. 위령은 평화를 사랑했다. 평화 애호가의 입에서 비명이 터져 나온다. 유리가 위령의 손을 물었다. 비명이 신호이기라도 하듯 이지 무리가 위령을 덮쳤다. 위령과 아이들이 엉겨 바닥을 구른다. 속수무책으로 당하는 쪽은 당연히 위령이다. 저쪽은 열 명도 넘는다.

"위령!"

렌이 위령을 짓누르고 있는 아이들을 힘껏 밀쳐 낸다. 하지만 역부족이다. 오히려 렌은 아이들에게 깔린다. 소여와 우미가 난장판 속에 끼어든다. 역시 바로 제압당한다. 그 틈에 가까스로 위령이 아이들을 떨쳐 내고 일어난다.

"그만 좀 해!"

위령이 외친다. 그 순간 위령의 무릎이 푹 꺾인다. 위령이 고개를 돌리자 뒤에 유리가 서 있다. 얼굴이 일그러진 유리가 피 묻은 손을 내려다보며 부들부들 떤다.

"야, 아프잖아."

위령은 제 어깨를 보고 그대로 쓰러진다. 어깨에 칼이 꽂혀 있다.

어깨에 불이 붙은 것 같다. 위령은 갑자기 주위가 아득해진다. 렌이 옆에서 뭐라고 외치는데 아무 소리도 들리지 않는다. 렌이 운다. 울지 말라고 말해 주고 싶은데 소리가 나지 않는다. 렌이 위령을 껴안는다. 위령은 정신을 잃는다.

아이들이 비명을 지르며 삽시간에 구석으로 달아난다. 칼이 아이들을 뒤쫓는다. 아이들이 문을 두드린다. 절규가 방 안 가득 퍼진다. 아무리 두드려도 문은 열리지 않는다.

선홍색 피가 튄다. 바닥이 삽시간에 붉은색으로 물든다. 붉은색 한가운데 누군가 누워 있다. 아이의 배에 칼이 꽂혀 있다. 소여다.

소여가 헐떡거린다. 얼굴이 점점 창백해진다. 아이들이 울부짖는다.

문이 열리고 흰 가운과 군인 들이 들어온다. 흰 가운들이 의식을 잃은 소여를 데려간다. 군인들이 소여를 찌른 애에게 수갑을 채운다. 수갑을 찬 유리가 몸부림치며 악을 쓴다.

아이들은 넋 나간 표정으로 바닥을 바라본다. 바닥에 널린 빵조각과 부스러기가 검붉은 피로 젖는다.

소여는 방으로 다시 돌아오지 않았다. 위령은 그게 제 탓이라고 생각한다.

생쥐

칠십 개의 화면이 아이들을 비춘다. 방 안을 비추는 화면이 사십 개, 나머지는 복도와 화장실, 샤워장과 탈의실, 운동장이다.

화면 속 열 개의 방에서 열 명의 아이가 빵을 썰고 있다. 군인 셋이 그 장면을 지켜본다.

"난 8번 방."

얼굴이 쥐처럼 생긴 군인이 육포를 질겅이며 말한다.

"나도 8번 방."

족제비처럼 턱이 뾰족한 군인이 말하고 담배 연기를 내뿜는다.

"그럼 내기가 안 되잖아."

뱀 대가리처럼 차가운 인상의 군인이 바닥에 침을 뱉는다.

"너는 몇 번 방인데?"

쥐가 물었다.

"당연히 8번 방이지."

뱀 대가리가 씩 웃더니 또 침을 뱉는다.

"쟤네들은 지금 다 돌아 있잖아."

8번 방에는 스물여섯 명 남아 있다. 남자애들을 모아 둔 다섯 개 방 중 하나다.

8번 방 아이들은 첫날 삽 싸움으로 일곱 명이 병동으로 옮겨졌고 그날 밤 아이들끼리의 싸움으로 다섯 명이 다쳤다. 그리고 체조를 한 날, 동작이 틀려서 여러 번 지적받았던 아이가 나중에 방에서 애들에게 맞아 의식을 잃었다. 아이들은 시도 때도 없이 치고받았다. 얼굴이 멀쩡한 애가 하나도 없었다. 8번 방에서 제일 약해 빠진 놈이 빵과 칼을 들고 벌벌 떨고 있다.

"그럼 내기를 바꾸자."

쥐가 말했다.

"몇 명이나 제거되는지 맞히기로."

그 말에 셋이 키득거린다.

각각 한 명, 두 명, 세 명으로 점친다.

"시작됐다!"

족제비가 신나서 화면을 향해 소리친다.

흰 가운이 나가자마자 아이들은 빵을 든 애에게 덤벼든다.

"야, 싸워! 싸우라고!"

"덤벼! 도망치지 말고 한판 붙어!"

화면 안에서 빵을 두고 치열한 싸움이 벌어지고 그걸 지켜보는 이들은 낄낄댄다.

그 모습을 대령도 집무실에서 지켜보고 있다.

좁은 우리 안에 생쥐를 가둬 놓으면 공간과 먹이를 차지하기 위해 서로 물어 죽인다. 강한 놈은 살아남고 약한 놈은 죽는다. 아이들도 마찬가지다. 방 안에서 패가 갈리고 서열이 매겨졌다. 시간이 지나는 동안 누가 더 세고 누가 약한지 명확해졌다. 약한 아이는 아침으로 나오는 식빵 두 쪽도 빼앗기기 일쑤다.

약육강식의 세계가 펼쳐진다. 고작 빵 조각 때문에. 하지만 이곳에서는 고작 빵 조각이 아니다. 차지하지 못하면 죽는다. 불과 며칠 만에 아이들은 짐승이 됐다.

노크 소리가 들렸다.

들어오라는 소리에 족제비를 닮은 군인이 집무실로 들어선다.

"대령님, 사고가 생겼습니다."

대령은 화면에서 시선을 떼지 않은 채 말한다.

"알아."

"수습할까요?"

"내버려둬."

"네?"

"자네 여기 얼마나 있었지?"

"열흘째입니다."

"집에 가고 싶지 않나?"

군인은 잠시 대령의 눈치를 살피고 대답했다.

"괜찮습니다!"

"애가 있나?"

"네, 아들이 하나 있습니다."

"애가 아빠를 기다릴 것 아니야. 얼마나 보고 싶겠어. 빨리 끝내자고."

머뭇거리던 군인은 바로 대답을 찾아낸다.

"네, 알겠습니다!"

군인이 거수경례하고 집무실에서 나갔다.

여기는 바깥세상을 압축한 곳이다. 강한 놈만 살아남는다. 이곳에서는 시간도 압축된다. 단시간에 끝날 것이다.

아이들은 모두 시한폭탄이다. 언제 터질지 모른다. 이유는 알지 못한다. 알 필요도 없다. 위험을 사전에 방지하라는 명령을 받았고 그에 따를 뿐이다. 폭탄을 발견해서 제거한다. 약간의 자극이 도화선에 불을 붙인다. 폭발의 피해는 어느 정도 감수해야 한다. 최소의 피해로 최대의 효과를 얻는 게 승리의 비결이다. 아무것도 남지 않는다고 해도 하는 수 없다. 완전히 제거하는 편이 낫다.

대령은 꼼짝도 하지 않고 화면을 지켜본다. 아이들이 아침 식사를 맘껏 즐기도록 내버려둘 생각이다. 아이들은 기대보다 더 잘하고 있다.

계약

치료실은 아수라장이다. 의사가 침대를 돌며 환자를 분류한다. 가망 있는 아이, 가망 없는 아이, 그리고 의심되는 아이. 의심스러운 아이는 마취제를 투여하고 손발을 침대에 묶었다. 한 침상 앞에 멈춘 의사가 사망 선고를 내린다. 침대에서 흘러내린 피가 바닥에 흥건했다. 아이를 덮은 하얀 시트가 검붉은색으로 변한다. 시트 아래에는 조금만 일찍 옮겼더라면 살았을지도 모를 아이가 차갑게 누워 있다.

아이 둘이 죽었다. 중상 환자가 십여 명, 크게 다친 아이부터 수술대 위에 눕혀졌다. 갑자기 부상자가 많이 발생해 사방이 피투성이다. 아이들에게 칼을 나눠 줬기 때문이다. 의사는 부족하고 수술실 상황도 열악하다. 병실은 고통스러운 비명과 울부짖음으로 가득 찬다.

새벽, 흰 가운을 입은 양다솔 간호사가 조용히 입원실을 돌아본다. 대부분 약에 취해 잠들었지만 고통스러운 신음을 뱉어 내는 애들이 있다. 양다솔 간호사는 주사액이 잘 들어가고 있는지 살펴본다.

"엄마……."

아이가 쉰 목소리로 속삭인다.

"엄마에게 전화 좀……."

가까스로 말하고 발작하듯 기침을 쏟아 낸다.

"집에 가고 싶어요……. 제발……."

양다솔 간호사가 아이에게 주사를 놓는다.

"난…… 죽나요?"

"안 죽어. 그냥 좀 다쳤어. 좀 자자. 자면 덜 아플 거야."

아이가 흐느낀다.

어쩌면 아이는 죽을지도 모른다. 아이의 얼굴이 무섭도록 창백하다. 복부를 칼에 찔려 피를 많이 흘렸다. 몇 살이나 됐을까. 열세 살, 열네 살 넘게는 안 보인다. 아이는 몸집이 작고 얼굴은 앳되기만 하다. 양다솔에게도 이 아이만 한 동생이 있다. 언니를 닮아 동그란 눈에 잘 웃는 아이. 다섯 달 전 열세 살이 된 동생 지호도 소집되었다.

벽 쪽 침대에 누운 아이가 갑자기 크게 소리 지른다. 양다솔 간호사가 황급히 달려간다.

"움직이면 안 돼. 주삿바늘이……."

"여기서 나갈 거야! 내보내 줘! 엄마! 엄마!"

아이가 악을 쓰며 발버둥 친다. 진정시키려 아이의 팔을 잡자 더 심하게 몸부림치며 울부짖는다.

흰 가운들이 병실로 뛰어 들어온다. 그 뒤로 군인 두 명이 황급히 쫓아온다. 군인들이 아이를 눌러 제압한다. 간호사가 아이의 팔에 주사기를 꽂는다. 아이는 버둥거리다 잠시 뒤 축 늘어진다. 간호사들이 아이의 손발을 침대에 고정한다. 아이의 침대가 병실 밖으로 옮겨진다.

방은 다시 조용해졌다. 양다솔 간호사는 하던 일을 마저 한다. 링거병을 교체하고 주삿바늘을 살핀다. 붕대를 풀고 소독을 한 뒤 다시 붕대를 감는다. 아이는 고통으로 얼굴이 일그러지지만 이를 악물고 신음을 삼킨다. 소리를 냈다가 무슨 일이 생기는지 조금 전에 봤기 때문이다. 아이의 눈에서 눈물이 흘러내린다. 양다솔 간호사는 못 본 척하고 지나간다. 아이들과 접촉해서는 안 된다는 지시를 받았다. 다시 돌아온 양다솔이 아이의 이마에 손을 가만히 올린다. 이마가 불처럼 뜨겁다. 양다솔은 주저하다 아이의 눈물을 살짝 닦아 준다. 양다솔 간호사가 나가자 어둠 속 여기저기서 흐느끼기 시작한다.

"괜찮아? 다친 데 없어?"

손을 닦는 양다솔에게 수간호사가 물었다.

"네, 전 괜찮아요."

"수고했어."

크게 하품하는 수간호사의 눈이 충혈돼 있다. 오후 내내 모두 정신없이 뛰어다녔다. 금방이라도 쓰러질 듯 피곤했다.

"병실에 있는 애들은 언제 이송하나요?"

양다솔이 묻는다.

"걔들은 안 옮겨."

이틀 전에 발작을 일으킨 남자애 하나를 밖으로 내보냈다. 병원으로 옮겨진다고 했다. 발작한 아이는 같은 방 아이들 여럿을 다치게 했다. 다친 애들은 모두 이곳 병실에서 치료 중이다. 그중 몇은 중태다. 외부로 이송하는 건 발작을 일으킨 애들뿐이다.

"상태가 심각한데, 병원으로 옮겨야 하지 않을까요?"

"그건 우리가 결정하는 게 아니야. 알잖아?"

그랬다. 여기 오기 전, 모든 지시에 따르고 임무가 끝나기 전에는 절대 그만두지 않고 이곳에서의 일을 외부에 발설하지 않겠다는 내용이 담긴 계약서에 사인했다. 그 대가로 위험 수당이 포함된 높은 보수를 약속받았다.

하지만 단지 돈 때문에 이곳에 온 건 아니다. 누구든지 와야만 했고 양다솔은 제의를 거절하지 않았다. 혹시 동생 지호를 돌볼 수 있을지도 모른다는 기대도 있었다. 하지만 지호는 다른 곳으로 간 모양이다. 여기서 지내는 아이들을 보면 지호 생각이 났다. 그래서 미칠 것 같았다. 지호도 혹시 이런 취급을 당하고 있을까? 아니라고 애써 부정한다. 이런 곳이 또 있을 리가. 이곳은 지옥이다.

"왜, 아이들에게 왜 이러는 거죠?"

양다솔의 질문에 수간호사의 눈빛이 날카로워진다.

"매일 애들이 죽고 다치고 있어요."

"우린 우리 일만 하면 돼."

"대령은……."

양다솔은 머뭇거린다. 대령은 제정신이 아니다.

"도대체 어쩔 셈이죠?"

"그걸 내가 어떻게 알아? 궁금하면 대령에게 물어봐."

수간호사는 언짢은 표정이 역력하다. 여기서 멈춰야 한다. 하지만 양다솔은 다시 묻는다.

"애들을 다 죽일 작정인가요?"

"양다솔 간호사."

수간호사가 양다솔의 말을 잘랐다.

"양다솔 씨는 계약서를 다시 꼼꼼히 읽어 보는 게 좋겠어."

양다솔은 수간호사를 물끄러미 바라봤다. 추측이 맞는 것 같다. 양다솔의 눈가가 붉어졌다. 지호를 떠올리자 가슴이 먹먹해졌다.

"처음부터 이럴 계획이었군요."

수간호사는 아무 대답도 하지 않았다.

넥스트 제너레이션

조는 의자에 털썩 주저앉는 강을 물끄러미 바라본다. 가이를 방까지 옮기느라 지친 얼굴이었다. 충격으로 넋이 나간 것 같기도 하다.

가이는 잠들었다. 다행히 마취제가 즉시 효과를 냈다. 고른 숨소리와 평온한 얼굴. 무섭게 달려들던 모습이 믿기지 않았다. 마취가 풀리고 나면 다시 발작할지도 모른다. 어째서일까. 뉴스에서 본 발작한 아이들과 유사했다. 하지만 가이는 소집 대상이 아니다.

조는 그동안 줄곧 의심했던 것을 확인하고 싶다. 믿고 싶지 않지만 알아야만 한다.

"아이들이 일으킨 발작이……."

조는 강을 바라봤다.

"넥스트 제너레이션과 상관있지?"

강은 외면한 채 아무 대답도 하지 않았다. 그것으로 충분했다.

아이들에게 더 나은 미래를. 넥스트 제너레이션.

이런 미래를 맞으리라고 생각하지 않았다. 아니, 정말 조금도 의심하지 않았던가?

인류는 많은 것을 예측해 왔고 결과는 반반이었다. 그중에는 피할 수 있는 미래도 있었다. 지구의 기후 변화가 그것이었다. 오랫동안 지구는 경고해 왔지만 인류는 외면했고 그 결과는 당연하게도 인류가 감당해야 했다.

변화는 지구 전체에서 일어났다. 사람이 살 수 있는 땅은 줄었고 농작물 수확량이 급감했다. 곳곳에서 내전과 폭동이 발생했고 각종 전염병이 광범위하게 퍼졌다. 그 과정에서 인구의 반 이상이 사라졌다.

가까스로 땅을 다시 일구고 도시를 재건했지만 현격히 줄어든 인구는 좀처럼 늘지 않았다. 자연 임신이 매우 어려워져 대부분 인공 수정을 시도했다. 하지만 성공률이 낮았고, 성공한다고 해도 유산되지 않고 태어나는 아이는 아주 적었다. 불임과 높은 유산율, 기형아 발생의 이유로 가장 신빙성 있는 의견은 지구 환경의 급격한 변화였다. 이대로라면 인류는 자연 소멸할 게 분명했다. 시급한 해결책이 필요했고 그 방안이 바로 넥스트 제너레이션이었다.

넥스트 제너레이션은 인공 수정 성공률을 놀랄 만큼 높였다. 유산도 급격하게 줄었으며 기형아 출생률은 제로에 가까웠다. 넥스트 제너레이션 시술은 의무화되었다. 출생률을 높이고 건강한 아이를 길러 내는 것은 인류의 존폐에 무엇보다 중요했다.

넥스트 제너레이션은 한 걸음 더 나아갔다. 원하는 대로 인위적인 유전자 조합이 가능해졌다. 대부분 부모가 유전자 조합을 택했다. 아이에게 더 나은 미래를 주기 위해. 선택 항목이 많아질수록 시술 비용은 올랐다. 특히 외모와 지능에 관한 유전자 조합은 까다로워 비용이 매우 높았는데도 가장 인기 있었다. 부모의 경제적 능력에 따라 아이는 완벽에 가깝거나 덜해졌다. 유전자 조합 시술로 태어난 '넥스트 제너레이션'은 완전히 새로운 인류였다.

조는 늘 강이 하는 일에 지지를 보냈다. 하지만 유전자 조합 상용화에는 찬성할 수 없었다. 윤리적인 문제나 가치 판단 등을 차치하더라도 조는 유전자 조합 기술 자체에 회의적이었다. 인간의 DNA는 매우 복잡하다. 유전자 조합은 사과나무 접붙이듯 단순한 문제가 아니다. 어떤 변수와 오류가 발생할지 알 수 없었다. 조는 완벽해지기 전에는 유전자 조합을 실행해서는 안 된다고 반대했다. 그러나 강은 확신에 차 있었다. 유전자 조합 시술은 시행됐고 단시간에 열렬한 지지를 받았다.

아직 넥스트 제너레이션 프로젝트는 끝이 아니었다. 인간의 진화와 마찬가지로 넥스트 제너레이션 프로젝트도 점차 진화하고 있었다. 더 나은, 더 뛰어난, 더 완벽한 미래의 아이들을 향해.

"우린 실패했어."

조가 강을 바라봤다.

"당신은 늘 그랬지. 언제나 흠집만 잡아냈어."

강이 피로한 얼굴로 말했다.

"세상에 완벽한 건 없어. 신도 수많은 실수를 했다고. 보면 몰라?"

"당신은 신이 아니야."

강의 표정이 일그러졌다.

"애들이 죽고 다쳤어. 잡혀가서 소식도 몰라."

"그게 다 내 잘못이란 말이야?"

"잘잘못을 가리자는 게 아니야. 실패를 인정하고 그만두라고."

"실패가 두려워 아무것도 하지 말아야 해? 오류가 있으면 바로 잡으면 되잖아!"

목소리를 높이는 강을 조는 물끄러미 바라보았다. 낯설었다. 전혀 모르는 사람처럼 보였다.

"당신은 이게 실험이라고 생각하는구나."

강은 아무 대답도 하지 않았다.

조는 끝없는 바닥에 추락하듯 아득해졌다. 아이들을 이렇게 만든 게 다름 아닌 자신이었다. 의심하면서도 결국 동조했다. 눈을 감았었다. 아이들에게 더 나은 미래를 주겠다는 미명으로. 성공에 취해 밀어붙였다. 잘못이었다. 돌이킬 수 없다.

조는 문득 든 생각에 소스라치게 놀랐다. 설마. 아니야. 그럴 리가.

"가이는 왜?"

가이는 넥스트 제너레이션 유전자 조합 시술이 상용화되기 전, 인공 수정으로 임신해서 낳은 아이다. 강의 눈을 보고 조는 온몸이 떨리기 시작한다. 아닌가? 내가 모르는 게 있었나? 가이가? 그럴 리 없다. 그럴 순 없다.

"가이가 넥스트 제너레이션 1호였어."

강이 무거운 목소리로 말한다.

"어떻게……. 어떻게 나도 모르게……. 내 아이, 내 아이잖아."

"내 아이이기도 해."

"당신은 아니야. 아이를 실험 대상으로 삼는 부모는 없어."

강의 얼굴이 굳었다. 잠시 뒤 강이 말했다.

"난 확신했어. 내 아이에게 좋은 걸 주고 싶었을 뿐이야."

조는 오열한다.

주문

위령의 신음에 렌이 잠을 깬다.

"위령, 많이 아파?"

렌이 속삭였다.

"아니, 괜찮아. 자."

"상처 한번 보자."

위령이 돌아눕자 렌이 위령의 셔츠를 내리고 어깨를 살핀다. 상처는 잘 아물고 있다.

다친 뒤 위령은 치료실로 옮겨졌다. 아이들이 머무는 방과 비슷한 곳에 환자 침대가 여러 개 놓여 있었다. 흰 가운이 위령의 상처를 꿰매고 치료한 뒤 붕대를 감았다. 다행히 상처는 깊지 않았다. 반나절 치료실에 누워 있다가 위령은 방으로 돌아왔다. 치료실은 심한 부상으로 고통스러워하는 애들로 가득했다.

흰 가운이 위령을 방으로 데려다줬다. 군인 하나가 뒤따라왔다. 걷다가 위령은 머리가 핑 돌며 다리가 풀렸다. 흰 가운이 다급히 위령을 부축하다 함께 휘청였다. 흰 가운은 아이처럼 왜소했다.

"내 손 잡아."

흰 가운이 속삭였다. 부드러운 목소리에 놀라 위령은 흰 가운의 얼굴을 봤다. 마스크 위로 드러난 눈이 동그랗고 눈동자가 유독 투명했다. 위령은 흰 가운의 손을 잡았다.

아이들이 머무는 건물 앞에 도착하자 군인이 문에 달린 보안 장치에 아이디 카드를 댔다. 위령은 아이디 카드를 유심히 봤다. 우선 아이디 카드를 손에 넣어야 한다. 어떻게? 흰 가운도 아이디 카드를 이용해 문을 열 수 있다. 총을 지닌 군인보다는 흰 가운의 아이디 카드를 노리는 게 성공률이 높다. 하지만 흰 가운과 군인은 항상 함께 움직인다. 위령은 손을 잡은 흰 가운을 내려다보았다. 그때 흰 가운이 위령의 손에 뭔가 쥐여 줬다.

"소염제랑 진통제야. 밥 먹고 나서 각각 하나씩 먹어. 동그란 게 진통제야."

군인이 들을세라 흰 가운이 재빠르게 속삭였다.

나중에 보니 흰 가운이 준 작은 봉투에 길쭉한 알약과 동그란 알약이 스무 알씩 들어 있었다. 병 주고 약 주나. 어이없었다. 애초에 칼을 주지 않았다면 다칠 일도 없었을 텐데. 하지만 아이들에게 칼을 쥐여 주라고 시킨 사람은 따로 있다. 대령은 사이코패

스가 분명하다. 그렇다고 흰 가운도 잘못이 없는 건 아니다. 시킨 다고 옳지 않은 짓을 하는 이 역시 한패다.

가만 안 둘 테다. 무슨 수를 써서라도 받은 만큼 꼭 돌려줄 거다. 아니, 이자까지 톡톡히 붙여서. 소여를 생각하면 미칠 것 같다. 축구 얘기만 나오면 표정이 환해지던 작은 아이. 그 애에겐 아무 잘못도 없다. 모두 용서하지 않겠다. 하지만 어깨에 통증이 격렬 해질 때마다 위령은 약을 준 흰 가운만은 봐주자고 생각했다. 흰 가운이 준 약이 아니었으면 아파서 돌아 버렸을 거다.

위령은 괴로워서 끙끙 소리를 낸다. 진통제는 다 먹어 버리고 없다. 눈이 동그란 흰 가운은 하루 세 번, 식후에 먹으라고 했지만 너무 아파서 식사 사이에도 먹고 밤에도 먹었다.

위령이 고통스러워할 때마다 렌도 보기 힘들었다.

"나아라, 나아라, 치카차카 호."

"너, 그거 나 웃기려고 그러는 거지?"

위령이 통증으로 이를 악물 때마다 렌은 요상한 주문을 외우며 상처에 손을 갖다 댔다.

"딱 봐도 돌팔인데."

"시끄럽다. 우리 엄만 효험 있다고 했거든."

"너희 엄마 진짜 착하시다. 다 큰 딸이랑 병원놀이도 해 주고."

"내가 엄마랑 놀아 준 거거든."

렌은 또 치카차카 호, 하고 중얼거렸다.

위령은 투덜거리면서도 상처를 렌의 손에 맡긴다. 이상했다. 정말로 효험이 있는 것 같다. 렌이 상처에 손을 대고 있으면 통증이 약해지고 상처 부분이 따스해지며 간질간질했다. 마치 상처가 아물고 새살이 돋는 것처럼. 치카차카 혼지 뭔지 덕분인가 몰라도 상처는 놀랍도록 빨리 호전됐다.

렌과 위령은 이불을 한데 뒤집어쓰고 마주 보고 누웠다. 아이들은 잠들었다. 흐느끼는 소리도 그쳤다. 우는 데도 힘이 필요하고 아이들은 눈물 흘릴 힘도 없다.

"너, 엄마 꿈꿨냐?"

위령이 물었다.

"어떻게 알았어?"

"자면서 계속 엄마 불렀거든. 깨울까 하다 꿈속에서라도 실컷 보라고 놔뒀지."

렌은 어렴풋한 꿈을 떠올려 본다. 꿈속의 얼굴이 잘 기억나지 않는다.

"나는 꿈도 안 꾼다. 꿈에서라도 동생 한번 보고 싶은데. 나 안 보고 싶은가. 있지, 내 동생이 종이접기를 엄청 좋아하거든. 손재주가 있어서 금방 고래도 접고 공룡도 접을 줄 알아. 같이 접자고 색종이 가져오고 그랬는데 가끔 귀찮아서 안 놀아 줬어. 그게 되게 후회된다."

"집에 가면 천 장 접어 줘. 아니, 만 장."

"백만 장 접는다."

집에 돌아갈 수만 있다면.

두 사람은 이곳이 어디쯤인가 추측해 본다. 7번 국도에 늘어선 지 얼마 되지 않아 렌이 잡혔고 위령의 말로는 그 뒤로 버스가 두어 시간쯤 달렸다. 차가 멈출 때쯤 오줌이 무척 마려웠으니 맞을 거라 했다. 버스에 타자마자 휴대폰을 뺏겨서 정확한 시간도 위치도 알 수 없었다. 위령이 길에서 마지막으로 본 이정표에 Z1이라고 쓰여 있었다. 상당히 멀리 온 건 틀림없다.

도시는 A부터 Z까지로 구분된다. 인구 밀집 구역이 A에서 I까지고 각각 스무 개의 구역으로 세분된다. Q 지역부터는 사람이 드물게 살고 주로 황무지였다. Z라면 가장 외진 지역이다. 마을은 없고 행정 구역으로만 나뉘어 있는 땅이다.

"일단 여기서 빠져나가는 게 관건인데."

위령이 말한다.

"그런데 문이 늘 잠겨 있잖아."

역시 아이디 카드를 훔쳐야 한다. 눈이 동그란 흰 가운을 떠올리지만 약을 줬다고 아이디 카드까지 내주리라 기대하는 건 무리다. 어떤 사람인지도 잘 모르고. 위령은 운동장에서 아이들을 지켜보던 흰 가운들을 생각하며 고개를 젓는다.

"운동장에 나갔을 때를 노리는 게 낫겠어."

"출입문도 잠겨 있는 데다 늘 보초가 서 있어서. 문 말고 다른 데를 노려야 하지 않을까? 담을 넘거나. 저번에 슬쩍 만져 봤는데 그냥 평범한 벽 같았어."

영화에서 본 전기가 통하는 벽이라든가, 칼과 못이 튀어나오는 벽 같은 건 아니다. 하지만 담은 3미터는 족히 될 것 같다. 담을 넘는 동안 발각되지 않을 방법이 있을까? 곳곳에 감시 카메라도 있었다.

"어깨가 낫는다고 해도 담을 타는 건 이 몸으론 무리야."

위령이 한숨을 내쉰다. 나무라면 몰라도 렌도 담을 타 본 적은 없다.

위령은 예전에 본 영화 하나를 기억해 냈다. 아주 옛날 영화였다. 억울하게 누명을 쓰고 수감된 남자가 독방 벽에 구멍을 뚫어 외부와 연결된 수로를 통해 탈출하는 얘기였다. 남자는 수완이 좋아 작은 망치 하나를 구했다. 벽의 구멍을 감출 포스터도 있었다. 그 독방에는 감시 카메라도 없었다. 좋은 시절이었다.

"일단 탈출했다 치자. 그다음엔 여기서 멀리 달아나야겠지? 낮에는 숨어 있는 게 좋겠고. 밤에만 걷는다 치면 도시까지 한 이삼일 정도 걸리지 않을까?"

"어디로 갈 건데?"

렌이 묻는다.

"집엔 못 가지. 우리 엄마가 날 보면 당장 신고할 텐데."

렌도 마찬가지다. 집에는 오빠가 있다.

"도시는 안 돼. 사람들이 우릴 보면 가만 안 둘 거야."

렌의 말에 위령이 한숨을 푹 내쉰다.

"그럼 어디로 가지?"

"어디든 사람 없는 곳으로 가야지."

"사람 없는 데면 마트도 햄버거 가게도 없을 텐데……. 아, 너희 엄마한테 연락하면 되겠다. 그러면 네 엄마가 와서 전에 도망치려고 했던 데로 우릴 데려가는 거야."

"우리가 탈출하면 바로 경찰이 가족부터 찾아갈걸?"

"아, 설마. 우리가 뭐라고. 좀 찾다 말지 않을까?"

"네가 그랬잖아. 경찰이 안 해서 그렇지 쓸데없는 건 열심히 한다고."

"아, 진짜!"

위령이 발로 이불을 걷어찼다가 황급히 다시 끌어당겨 덮었다.

"여기서 나가면 나 바로 방송국으로 간다. 우리가 얼마나 기가 막히는 짓을 당했는지 낱낱이 알려야 해. 안 그러냐?"

"그 사람들이 들어 줄까?"

"다 한패냐?"

날마다 뉴스에서 소집 안내 방송을 했었다. 방송국까지 무사히 도착할 가능성도 희박하지만 얘기해도 믿어 줄까 싶다. 누가 이런 일이 벌어지고 있다고 상상이나 할까. 그러다 렌은 문득 생각한다. 혹시 알고 있었던 것 아닐까? 누군가 상황을 계획했다. 이런

이상하고 잔인한 일을. 그 결과 또한 예상했을 것이다. 모두 의도
된 일이라면 도대체 왜?

"여기서 나가도 갈 데가 없구나."

위령이 시무룩해져서 중얼거렸다.

"하지만 어디라도 여기보다는 낫겠지."

렌이 말한다.

"여기선 아무도 살아남지 못해."

렌이 이불 속에서 얼굴을 빼꼼히 내밀고 천장을 노려본다.

"저기 봐. 우리가 죽기를 기다리고 있어."

감시 카메라가 고개를 돌려 렌을 비춘다.

질문

엄마는 어린 렌이 잠들 때까지 함께 침대에 누워 책을 읽어 줬다. 곰의 오두막집에 들어간 금빛 머리의 여자아이와 숲속 할머니 집에 찾아가는 빨간 두건, 길에 빵 부스러기를 떨어뜨리는 아이와 버섯을 먹고 커졌다 작아지는 어린 소녀들의 이야기.

왜 아이들이 혼자 다녀, 엄마?

렌이 물었다.

왜냐하면 부모가 버렸거든.

왜 부모가 버렸어?

새로 택배 상자가 오니까.

그렇게 대답하는 건 엄마가 아니다. 그럼 누구지?

렌은 눈을 번쩍 떴다. 창백한 불빛이 눈을 찌른다. 사이렌 소리가 울린다. 아침이다.

아침 식사가 끝나자마자 흰 가운과 군인 들이 들어왔다. 새로운 지시가 내려진다.

흰 가운은 소지품을 챙기라고 했다. 아이들의 얼굴에 빠르게 표정이 스친다. 기대와 불안. 아이들은 얼마 안 되는 소지품을 품에 안았다. 담요와 칫솔과 수건. 그것 말고는 더 없다.

흰 가운이 두 줄로 서라고 지시한다. 렌과 위령이 맨 뒤에 나란히 섰다. 아이들은 따라 나오라는 지시를 받는다.

혹시?

렌이 상기된 표정으로 위령에게 눈으로 묻는다.

어쩌면.

위령 역시 설렌다. 하지만 불안하다. 집에 돌아간다면 굳이 소지품을 챙길 필요가 없다. 기념품이라고 챙겨 준 거라면 사절하겠다.

기대에는 어긋났고 최악의 상상보다는 나았다. 새로 방을 배정받았다. 스무 명도 안 남은, 옆 방이다. 렌의 방에서 온 아이들이 들어가자 얼추 다시 오십 명이 되었다. 방을 바꾼 이유를 아무도 설명해 주지 않고 아이들도 묻지 않았다. 더 나쁜 일이 생기지 않기를 바랄 뿐. 렌과 위령은 함께다. 그것만으로도 다행이었다.

먼저 있던 방과 똑같았다. 같은 자리에 감시 카메라가 달려 있고 아이들은 비슷한 얼굴이다. 불안한 눈동자와 파리한 낯빛.

방 안을 살피던 렌은 발견한다. 그 아이. 렌과 눈동자 색이 같은 아이가 구석에서 렌을 뚫어지게 바라보고 있었다. 위령도 그 아이를 발견하고 놀란 얼굴로 렌을 돌아본다.

"안녕."

망설이던 렌이 다가가 인사를 건넨다. 목소리가 조금 떨린다.

"난 렌이야."

"난 위령."

잠시 뒤 대답이 돌아온다.

"나기."

렌과 나기는 말없이 서로의 눈을 들여다본다. 나와 닮은 눈.

"저번엔 고마웠어."

렌이 늦은 감사 인사를 한다. 지금이라도 할 수 있어 다행이다. 나기는 눈만 끔벅이다 묻는다.

"늪지에서 왔어?"

렌의 표정에 나기는 짐작이 틀렸음을 깨닫는다.

"늪지?"

렌이 어리둥절한 얼굴로 묻는다.

"늪지 몰라?"

"쓰레기 처리장 말이야?"

위령의 질문에 나기는 고개를 끄덕인다.

이 아이들은 늪지에 대해 전혀 모르는구나. 알 필요 없을 것이다. 쓰레기장 너머에 누가 살든 상관없으니까. 나기는 도시에 대해 어렴풋이는 알았다. 직접 가 봤기 때문이었다. 아이디 카드로 지하철도 타고 햄버거도 사 먹었다. 가 보지 않았다면 아무것도 믿지 못했을 것이다. 렌과 위령도 마찬가지일 터였다. 갈대로 덮인 축축한 땅과 물고기가 바닥을 헤집고 다니는 누런 물과 물 위에 떠 있는 집, 이른 새벽 물가로 자욱이 몰려오는 안개와 휴대폰도 전깃불도 없는 세상을 절대 이해하지 못할 것이다. 그래도 나기는 얘기한다. 꼭 묻고 싶은 게 있으니까.

늪지에 사람들이 살기 시작한 건 백여 년 전이었다. 지속적인 경제 침체와 극심한 식량난, 끝없는 전염병으로 가난과 공포가 도시를 뒤덮었다. 상황을 해결하기 위해 정부는 새로운 정책을 냈다. 바로 '늪지 개척 사업'. 늪지를 농경지로 개척해 식량난을 해결하고 새로운 거주지로 조성한다는 방안이었다. 이주 희망자에게 정착 자금을 지원하고 계약 기간 동안 땅과 집을 무상으로 빌려주면서 세금도 감면해 준다고 했다. 그 대신 계약 기간은 반드시 엄수하고 계약을 어길 시 위약금을 물어야 한다는 조건이 달렸다.

이주민들은 진흙과 독충, 모기떼와 더위, 곰팡이와 설사에 시달리면서도 땅을 일궜다. 제대로 된 집도 없고 전기도 들어오지 않았지만 꿈이 있어서 견뎠다. 하지만 개척 사업은 일 년도 지나지 않아 중단됐다. 투자를 약속했던 기업과 단체 들이 도산과 경영난으로 잇따라 사업을 철회하며 자금을 끊었다. 정부도 손을 놓왔다. 땅은 아직 진흙밭이고 수확은 기약 없었다. 많은 사람이 견디지 못하고 도시로 돌아갔고 어마어마한 위약금을 물 수 없어서 숨어 지냈다. 발각되면 감옥 아니면 다시 늪지로 보내졌다.

일 년이 지난 뒤 이주민의 수는 처음의 3분의 1이 줄었다. 다음 해에는 반으로 줄었고 그다음 해까지 버틴 이들은 소수였다. 그 와중에도 새로 태어난 생명이 있었다. 진흙땅에서 약간의 수확이 생겼고 물고기를 잡는 기술이 늘었다. 도시를 그리워하는 만큼 증오도 컸다. 꿈을 선택했다고 생각했지만 불모의 땅으로 내쫓긴 셈이었다. 그들은 늪지인이 되고 도시에 대한 그리움과 미련도 버렸다. 시간이 지난 뒤 늪지인의 후손들에게 도시란 단어는 금기어가 됐다. 도시 역시 늪지를 철저히 지웠다.

"이런 얘긴 처음 들어. 넌 들어 본 적 있어?"

위령이 묻자 렌이 고개를 저었다. 나기의 얘기는 놀랍기만 했다.

"그건 배신 아니야? 약속했으면 지켜야지."

위령은 나기의 말이 사실이라면 못 들어 본 게 당연하다고 생각한다. 속인 사람들은 이 이야기를 숨기고 싶었을 테니까.

"그런데 냉장고도 없단 말이야? 그럼 아이스크림은 어디에 보관해?"

위령이 나기에게 물었다.

"냉장고는 필요 없어. 어차피 아이스크림도 없으니까."

충격. 위령이 또 물었다.

"그래도 택배는 오지?"

나기가 피식 웃는다.

"햄버거도 없어. 물론 콜라도."

"거짓말이라고 해 줘, 제발."

고통스러워하는 위령의 표정에 나기의 입가가 슬쩍 올라갔다.

"그런데 너 도시에서 잡혔다며?"

위령이 묻자 나기가 고개를 끄덕였다.

"햄버거 먹으러 갔다가. 운이 없었지."

"햄버거는 먹고 잡혔냐?"

"어."

불행 중 다행이라는 위령의 말에 나기가 씩 웃었다.

"너희 동네 애들도 발작을 일으켰어?"

렌이 물었다.

"아니. 그런 애는 아무도 없었어. 도대체 도시 애들은 왜 그렇게 된 거야?"

렌과 위령이 답해 줄 말이라곤 잘 모른다는 것뿐이다.

"너도 발작을 일으켰어? 발작하지도 않았는데 잡혀 왔다고? 너희가 잡혀가는데 부모님은 보고만 있었어? 이런 곳에 가둬 두라고?"

나기는 그동안 궁금했지만 아무에게도 묻지 못했던 질문을 계속하고 렌과 위령은 대답해 줄 수 있는 게 거의 없다.

"이곳이 병원인 줄 알고 왔다고? 누가 너희를 속인 거야? 정부가? 정부가 뭐야?"

렌은 나기가 이해하기 쉽게 설명한다.

"시민을 보호하는 역할? 너희는 시민 아니야? 왜 너희는 보호하지 않아?"

"내 말이."

위령이 답답해 죽겠다는 듯, 한숨을 크게 쉬었다.

"언제 여기서 나갈 수 있어?"

"나도 알고 싶다."

위령은 나기에게 아무런 도움이 되지 못해 미안했다.

"언젠간 나가겠지. 여기서 죽지만 않는다면."

아니면 죽어서 나가리라. 렌은 감시 카메라를 힐긋 바라본다. 위령과 나기도 고개를 들어 천장을 잠시 본다.

"그런데……."

렌이 머뭇거렸다. 잠시 나기의 얼굴을 바라본다.

"늪지 사람들은 다 너와 같은 눈을 갖고 있어?"

나기가 렌의 눈을 들여다보았다. 녹청색과 진갈색 눈. 밝은 데서 보면 하늘색과 넥타 열매색처럼 보이겠지. 새벽빛이 밝아 올 무렵에는 이슬처럼 투명하고 강바닥처럼 깊어지리라. 할머니의 눈이 그랬다. 할머니의 눈을 닮은 내 눈도 그렇게 보일까. 이 애는 왜 이런 눈을 갖고 있을까.

"다는 아니야. 드물지만 우리 같은 눈을 가진 여자들이 늪지에 있어."

"그래서 나한테 늪지에서 왔냐고 물었구나."

렌은 혼란스러웠다. 나와 같은 눈을 지닌 이 아이도, 늪지도, 늪지에 드물게 있다는 여자들에 대해서도 궁금하지만 알고 싶지 않기도 했다. 렌은 어릴 때부터 내내 이유 없이 불안하곤 했다. 어쩌면 이런 순간이 오리라 예상했는지도 모른다. 혹시 기다렸던가?

"내 할머니가 양쪽 눈동자 색이 달라. 우리 엄마도 그랬대. 네 엄마도 너랑 눈이 같아?"

렌은 고개를 젓는다.

"난 입양됐어."

위령이 복잡한 얼굴로 렌과 나기를 바라본다.

친구

위령이 뭐라고 했는지 애들이 웃는다. 우미와 율리, 준지, 리야. 이곳에서 만났다는데 오래된 친구처럼 보인다. 나기는 애들의 대화를 다는 이해하지 못했다. 그래도 잠자코 귀를 기울인다. 긴장이 풀리며 잠시 두려움을 잊는다.

위령 주위의 공기는 조금 느긋한 느낌이 든다. 한낮의 더위가 꺾이고 숲의 그림자가 길어져 나른하게 한숨 자고 싶은 오후 같다. 그래서 위령 옆에 아이들이 옹기종기 모여드나 보다. 마치 큰 나무를 향해 날아드는 작은 새들처럼. 작은 아이들을 끌어당기는 자석이 위령의 몸 안에 있는 것 같다. 그 곁의 렌을 보면 어쩐지 마음이 차분해진다. 위령에게 이끌려 온 작은 새들은 렌이 보이지 않는 실로 짠 부드러운 둥지에 자리 잡는다. 둘은 전혀 다른 것 같으면서도 이상하게 잘 어울린다.

나기에게 친구라고는 수이뿐이었다. 수이만큼 욕을 재밌게 하는 사람은 본 적 없다. 수이는 고작 한 살 많은 주제에 어른인 척해서 재수 없긴 했지만 함께 있으면 재밌었다. 이것저것 많이 가르쳐 주기도 했다. 야술 가루를 파는 비결도 햄버거를 사 먹는 방법도 다 수이가 알려 줬다. 덕분에 위험에 처한 적도 있었지만 그래서 심심치 않았다. 수이는 늘 도시에서 살고 싶어 했다. 언젠가 떠나리라 생각했다. 하지만 말도 없이 수이가 사라졌을 때 나기는 꽤 서운했다. 어떻게 지내고 있을까? 수이도 혹시 소집돼서 갇혀 있을까?

"아아, 여보세요. 눈 뜨고 졸고 있습니까?"

위령이 나기의 얼굴 앞에 손을 흔들었다. 나기가 씩 웃는다.

"다쳤어?"

나기가 위령에게 묻는다. 렌이 어깨의 상처에 손바닥을 댄다.

"어, 조금. 이젠 괜찮아."

"치카차카 호. 다 주문 덕분이라니까."

"돌팔이가 맞는데, 이상해. 신기하게 통증이 사라진단 말이야."

"내가 뭐랬냐. 인간 진통제라고 했지?"

렌이 나기에게 살짝 웃어 보인다. 어둠과 빛에 따라 색이 달라지는 렌의 눈동자를 바라보고 있으면 나기는 늪지가 떠오른다. 이런 눈을 가진 여자들은 같은 핏줄로 이어진다고 했다. 어쩌면 렌은 친척인지도 모른다.

나기는 문득 튤리파의 전설을 떠올렸다. 금빛 비늘로 싸여 산호와 조개에 머리를 감추고 커다란 날개를 접은 채 깊은 물속에 잠들어 있는 신비로운 존재. 천 년에 한 번 눈을 띠 물 밖으로 나오면 세상이 바뀐다. 나기는 튤리파의 눈이 한쪽은 태양을 닮은 황금빛이고 다른 한쪽은 늪과 같은 진녹색이리라 생각했다. 튤리파의 눈을 사람들은 차마 두려워 쳐다보지 못한다고 할머니가 얘기했기 때문이다.

"넌 우리 할머니 같다."

렌의 얼굴에 의아한 표정이 떠오른다.

"아니, 그게 아니라. 할머니가 사람들 병나면 고쳐 주거든."

"의사 선생님?"

"우리 마을에선 타주라고 불러. 타주는 나와 같은 눈을 가졌어."

할머니는 이웃과 잘 어울리지 않았다. 마을 사람들은 가족이 아프거나 곧 아이를 낳을 여자가 있을 때 나기의 집을 찾아왔다. 할머니는 약초에 대해 잘 알았고 유능한 산파였다. 그리고 종종 이상한 소리를 하는 사람이었다.

어느 해인가 할머니는 장마가 끝나면 메뚜기 떼가 오고 그 뒤 설사병이 돌 거라고 했다. 할머니 말대로였다. 홍수와 가뭄, 태풍과 호우, 큰불과 전염병. 할머니의 예언은 어김없었고 대체로 불길했다. 사람들은 할머니가 앞날을 내다보고 사람 속을 들여다본다고 생각했다. 아픈 데를 낫게 하지만 아프게 할 수도 있다고 여겼다. 아기를 받지만 마음을 달리 먹으면 아기에게 해를 끼칠지도 모른다고 내심 두려워했다. 할머니는 늘 능숙하게 아기를 받아 냈지만 딱 한 번 아기가 잘못된 일이 있었다. 목에 탯줄을 감고 나온 아기는 할머니도 손을 쓸 수 없었다. 그 뒤부터 사람들은 할머니를 찾지 않았다.

할머니 같은 사람을 부르는 단어를 안다. 마녀. 그림책에서 본 적 있다. 할머니는 당연히 마녀가 아니다. 날아다니는 마술 빗자루도 없고 생쥐를 말로 변신시키지도 못했다. 할머니는 자연의 이치에 밝을 뿐이었다. 할머니는 귀도 밝았다. 어마어마한 숫자로 날아오는 메뚜기 떼와 멀리 부는 바람 소리를 누구보다 먼저 들었다. 귀보다 눈이 더 밝았다. 사람들은 그런 할머니의 눈을 꺼렸다. 할머니의 눈을 닮은 나기도 피했다. 그래서 나기는 조금 외로웠다.

"너도 타주야?"

렌이 물었다.

"난 아니야. 타주는 타주가 될 운명을 타고나."

렌이 나기의 눈을 잠시 바라본다. 렌은 늪지에서 왔다는 이 아이가 어쩐지 낯설지 않다. 나와 닮은 눈. 어딘가 있을지도 모른다고 생각했다. 하지만 그들이 늪지에 살고 있으리라고는 꿈에도 상상하지 못했다. 엄마는 알고 있었나?

"내가 늪지에서 태어났을까?"

나기는 대답하지 않는다.

"나를 낳은 엄마가 늪지에 살고 있을까?"

어쩌면. 하지만 나기도 알지 못한다.

"만약 그렇다면 나도 타주가 될 수 있어?"

"되고 싶어?"

모르겠다. 한 번도 해 보지 않은 생각이다. 렌은 막 알게 된 사실들만으로도 혼란스럽다. 늪지와 타주, 그리고 운명.

"우리 할머니 말로는 타주로 태어나도 타주로 살길 거부할 수 있대."

"그런 여자들은 어떻게 돼?"

"마을을 떠나."

렌의 얼굴에 알 수 없는 표정이 스친다. 마을을 떠난 여자와 문 앞에 놓인 상자 속 아이.

위령은 갑자기 어두워진 렌의 얼굴을 살핀다.

"네 할머니는 치카차카 호, 같은 주문을 외진 않으시지?"

위령이 묻자 나기는 씩 웃는다.

"잔소리를 좀 하시지."

웃으며 나기는 할머니를 생각한다. 할머니를 그리워할 때마다 심장이 아려 온다. 렌이 나기의 등에 가만히 손을 댄다. 해 질 녘 늪을 건너오는 바람처럼 고요하고 부드럽다.

버섯

오늘따라 유독 잠잠하다. 새로운 지시는 없고 종일 방 안에만 갇혀 있었다.

"조용하니까 더 불안해."

위령이 땀을 닦으며 중얼거렸다. 방 안은 습하고 후텁지근했다.

"비가 내리고 있어."

나기가 말했다. 위령의 눈이 커진다. 창도 없는데 밖에서 비가 오는지 어떻게 알았지?

"빗소리가 들려."

진짜? 하며 위령이 벽에 귀를 대고 집중한다.

"아무 소리도 안 들리는데."

나기가 씩 웃었다. 비는 멀리 도로를 달려와 운동장의 흙을 적시고 있다.

"진짜 더워서 돌아 버리겠네."

위령이 셔츠를 펄럭이며 중얼거렸다.

이곳에는 에어컨도 실링 팬도 없다. 가만있어도 땀이 솟았다. 환기를 할 수 없는 탓에 방 안 공기는 탁하고 바닥을 시작으로 벽을 따라 시커먼 곰팡이가 번졌다. 담요와 매트리스는 축축해서 물속에서 자는 것 같다. 잦은 기침을 하고 설사를 하는 아이들이 많아졌다.

옆에서 발작하듯 우미가 기침을 토해 낸다. 기침이 이어지자 주변 아이들이 슬슬 피했다. 렌이 우미의 등을 쓰다듬는다. 기침할 때마다 몸이 크게 떨리며 괴로워한다. 잠시 뒤 가까스로 기침이 멎는다. 우미가 벽에 기댄 채 멍하니 허공을 바라본다. 괜찮냐고 위령이 물어도 아무 대답 하지 않는다.

"우린 다 여기서 죽을 거야."

텅 빈 눈빛으로 우미가 중얼거렸다.

"다 죽는다고 했대. 치료실에서 흰 가운들이 그랬대."

위령과 렌, 나기가 서로 눈빛을 교환한다.

"우미야, 누울까? 좀 자자. 우리가 옆에 있을게."

렌이 달래 보지만 우미는 마치 낯선 사람을 보듯 렌을 냉랭히 바라본다.

"뭔가 잘못됐어. 난 발작도 안 하고 말짱해. 여기 올 필요 없었다고. 실수였어. 잘못 온 거야. 아, 어떡하지."

우미가 혼잣말처럼 중얼중얼하다 위령의 손을 덥석 잡았다.

"우리 엄마한테 전화 좀 해 줘. 나 좀 데려가라고, 응? 빨리 가서 바이올린 레슨 받아야 한단 말이야. 다음 달에 중요한 대회가 있어. 진짜 중요한 대회라 연습 많이 해야 하는데. 아빠, 아빠랑 통화해야 해. 매일 영상 통화 하자고 했거든. 아빠가 많이 걱정할 거야. 아빠는 내가 이런 데 있는 줄 모를 텐데. 내 전화 기다릴 거야. 전화 좀 해 줘. 나 여기서 데려가라고. 엄마가 바로 올 거야. 나 여기 있기 싫어. 위령, 전화 좀 해 줘. 더는 못 참겠어. 렌, 제발. 누가 제발 전화 좀……."

렌과 위령은 놀라고 당황한다. 평소의 우미와 다르고 눈은 이상하게 번들거린다. 진정시키려 해도 막무가내다. 우미가 위령의 손을 홱 뿌리친다.

"다 거짓말이었어. 난 아무렇지도 않은데 속여서 이런 데로 보내고. 여기서 다 죽어. 다 죽인다고 했어. 그럴 줄 알고 있었지? 엄마 아빠도 다 알면서 날 여기에 보낸 거야. 죽여 달라고 보냈어. 자기들만 살면 되니까. 모두 나를 속였어. 왜, 왜 내가 죽어야 해? 왜 내가……."

우미가 다시 기침을 쏟아 냈다. 헐떡이는 우미를 렌이 껴안았다.

"나 너무 무서워. 무서워, 무서워, 무섭다고……."

"그만 좀 징징대!"

누군가 소리쳤다. 울먹이던 우미가 놀라서 바라본다. 이지였다.

"너희들 때문에 이렇게 된 거야. 너, 그리고 너."

이지가 렌과 위령, 나기를 손으로 가리킨다.

"이상하게 생긴 너희들. 불량품 때문에 우리까지 끌려온 거라고. 너희들은 언제 발작할지 모를 불량품들이야. 그리고 우미, 너, 시키는 대로 잘 따르면 내보내 준다고 했잖아. 이상한 소문이나 퍼뜨려서 뭐 하자는 거야? 헛소리하려거든 제발 입 닥쳐. 너희들이 잘못해서 못 나가잖아. 너희 둘, 체조할 때 계속 누워 있었지? 애들 부추겨서 싸움 일으켜서 좋았니? 그래서 유리가 끌려갔잖아! 없어져야 할 건 너희들이었어! 그 쪼끄만 애도 너 때문에 죽었잖아! 다 너희들 때문이야!"

위령과 렌을 향해 퍼붓는 이지를 모두 멀거니 본다. 위령의 얼굴이 딱딱하게 굳는다. 머릿속의 피가 다 빠져나가는 느낌이다. 이지 말이 맞다. 소여의 죽음이 자기 탓이라고 위령은 줄곧 자책했다.

"여기 보낸 것도 어른들이고, 밥 안 주고 총으로 겁주고 죽게 내버려 둔 것도 어른들이잖아."

아이들이 시선을 돌렸다. 나기였다.

"욕하고 원망하고 싶으면 맘껏 해. 하지만 대상은 똑바로 찾아야지. 누가 너한테 총을 겨눴는지 생각해 봐."

이지가 입술을 악물고 나기를 노려봤다.

"입 닥쳐. 불량품 주제에."

"나도 너랑 상대하기 싫어. 넌 쓰레기야."

이지가 악을 쓰며 달려든다. 나기가 잽싸게 피하자 이지는 제풀에 넘어진다. 이지 무리가 황급히 이지에게 몰려간다. 몇몇은 나기를 향해 달려든다. 앞장선 애 하나가 나기의 발에 걸려 나동그라진다.

"그만해. 하이에나들이 원하는 대로 해 줄 셈이야? 누구 하나 죽기만 기다리고 있다고."

나기가 턱 끝으로 카메라를 가리킨다. 덤비려던 아이들이 멈칫한다. 아이들은 나기의 눈을 잠시 들여다보다 등을 돌린다.

나기는 부축받아 제자리로 돌아가는 이지의 뒷모습을 물끄러미 바라본다. 저 아이도 두려운 것이다. 센 척하지만 무너지기 일보 직전이다. 도와달라는 신호다. 하지만 누가 도와줄 수 있을까? 나기는 고개를 돌린다. 흐느끼는 우미를 달래는 렌 옆에 위령이 우두커니 앉아 있다. 도대체 누가 이렇게 만든 걸까? 왜? 언제까지? 나기는 위령 곁에 가서 말없이 앉는다. 때론 어깨를 맞대고 있는 것만으로도 위로가 될 수 있음을 나기는 알게 되었다.

빗소리가 들리지 않는 비 오는 밤이다. 아이들은 누워서 곰곰이 생각한다. 보호하고 치료해 준다고 했다. 안전하고 쾌적하게 지낼 수 있다고, 아무 걱정 할 필요 없다고 했다. 소집령이 끝나면 무사히 집으로 돌아간다고 약속했다. 하지만 믿었던 모든 것들에 대해 의심이 자라난다. 젖은 땅에 돋아나는 버섯처럼.

미행

드디어 강은 렌이 어딨는지 조에게 알려 준다.

"하지만 들여보내 주지 않을 거야."

접근 금지 구역이라고 강이 강조한다.

"거기까지야. 더는 내가 해 줄 수 있는 게 없어."

렌이 무사한지 알고 싶었다. 하지만 강의 굳은 표정을 보니 더 이상 부탁은 무리인 것 같다.

"고마워."

"쓸데없는 짓 하지 마. 애들은 집으로 돌아갈 거야."

"언제?"

"때가 되면. 그러니까 기다려."

조는 강을 바라봤다. 충혈된 눈과 혈색 없는 얼굴, 부스스한 머리. 거울 볼 틈도 없으리라. 조도 마찬가지다. 가까스로 버티고 있다.

"가이는…… 어떻게 해?"

가이는 마취에서 깨어나 자신이 발작했다는 걸 알고 충격에 빠졌다. 엄마를 해치려 했다는 사실에 괴로워했다. 소집 대상이 아닌데도 발작했다는 점을 이해하지 못했지만 다시 발작이 일어날지 몰라 두려워했다. 가족뿐 아니라 많은 사람이 위험해질 수 있었다. 가이 본인도. 소집 대상은 아니지만 소집될 수도 있다. 가이는 스스로를 방에 가두기로 결정했다.

가이는 화장실이 딸린 손님방으로 옮겼다. 창에는 쇠창살을 달고 문을 철문으로 교체하고 자물쇠를 여러 개 달았다. 문 아래 만든 틈으로 식사와 세탁물, 쓰레기 등이 오간다. 조가 출근해서 일하는 동안 가이는 자물쇠로 잠근 방 안에서 지낸다. 퇴근해서 집에 돌아와도 마찬가지였다. 조가 잠시 얼굴 좀 보자고 해도 가이는 한사코 마다했다. 문밖에서 말을 걸어도 대답조차 잘 안 했다. 그 이후로 가이는 발작하지 않았다. 하지만 재발의 두려움이 가이의 삶을 뒤흔들고 파괴했다. 소집된 다른 아이들도 마찬가지다. 언제까지 이렇게 지낼 순 없다.

"방법을 찾고 있어."

강은 조의 시선을 피한 채 말했다.

"애들을 더 위험하게 하지 않는 방법이길 바라."

강은 대답하지 않는다.

"그 애들 속에 가이도 포함돼 있어."

강은 말없이 자리에서 일어나 서둘러 조의 사무실에서 나갔다.

잠시 뒤 조는 강의 차를 뒤쫓아 달린다. 어디 가는 걸까. 강이 눈치채지 못하도록 조는 거리를 두고 쫓는다.

강은 요즘 회사에서 얼굴 보기가 힘들었다. 회사 사람 중에도 부쩍 보이지 않는 얼굴이 많았다. 주로 넥스트 제너레이션 프로젝트 핵심 멤버들이었다. 밥 먹듯이 야근을 하며 회사에 붙어 있던 사람들이 일시에 보이지 않는다. 조와 가까운 사람들이지만 그들이 지금 어디서 무얼 하는지 전혀 모른다. 정보가 막혔다. 조를 배제하려는 의도가 있다. 누구의 의도인지 짐작하긴 어렵지 않다. 도대체 왜? 조는 직접 알아내기로 했다.

차가 막힌다. 조는 강의 차를 놓칠까 봐 초조하다. 창을 조금 열자 열기가 훅 밀려든다. 소란스러운 소리가 들려오고 저 멀리 광장에 모인 시위대가 보인다.

더는 참지 못한 부모들이 시위하기 시작했다. 아이들을 집으로 돌려보내 달라는 구호를 적은 피켓을 들고 광장에 모여 항의했다. 당장 퇴원시킬 수 없다면 소재 파악과 면회라도 가능하게 해 달라고 요청했다. 아이들이 무사한지 직접 확인하고 싶다고 절규했다. 정부는 안전상의 이유로 아직은 어렵다고 부모들의 요구를 거절했다. 왜 전화 통화조차 안 되는지 부모들은 이해할 수 없었다. 혹시나 하는 불안이 떠나지 않았다. 아이들의 생사조차 알지 못했다. 여론은 싸늘했다. 부모들의 시위를 이기적인 행동이라고 비난했다. 시위대를 향해 야유하고 조롱하는 사람들과 부모들은 종종 시비가 붙었다. 무력 충돌까지 발생해 경찰이 출동하곤 했다. 그래도 부모들은 멈추지 않았다. 냉대 속에서도 시위는 이어졌다.

조는 시위대를 지나칠 때면 눈가가 홧홧해지고 마음이 찢어지는 기분이었다. 시위대 속으로 들어가 내 아이를 돌려 달라고 함께 외치고 싶었다. 그러나 내게 외칠 자격이 있을까. 조는 깊은 죄책감을 느낀다.

다시 차가 움직이기 시작한다. 조는 시위대를 지나쳐 강의 차를 쫓아 달린다.

도심을 빠져나간 강의 차가 한적한 도로로 접어들었다. 한참을 달린 뒤 차는 침엽수가 듬성듬성 늘어선 좁은 길로 들어선다. 관리하지 않는지 나무는 대부분 누렇게 말랐다. 조는 천천히 길을 따라 달렸다.

잠시 뒤 눈앞에 건물이 보였다. 원래는 흰색이었으나 방치된 채 빗물과 오염으로 잿빛에 가깝게 변한 건물에 '미래 요양원'이라는 색 바랜 글씨가 붙어 있다. 건물 앞 주차장에 자동차 여러 대가 주차되어 있다. 회사에서 보던 낯익은 차들이 눈에 띄었다.

주차장 구석에 차를 댄 뒤 조가 차에서 내리니 강이 기다리고 있었다.

"미행에 서투네."

"처음이니까. 다음엔 더 잘하겠지."

"기다리라고 했잖아."

"뭘 하는지 알려 주면 기다릴지 생각해 볼게."

강이 말없이 조를 바라봤다. 조는 그 눈빛을 짐작할 수 있다. 당신, 참 사람 질리게 해. 이혼 전에 그렇게 보곤 했다. 한때는 함께 같은 방향을 바라봤지만.

"따라와."

건물 안으로 강이 앞장서 들어갔다.

오래전에 영업을 그만둔 듯, 건물 내부도 쇠락한 흔적이 역력했다. 텅 빈 로비를 지나 엘리베이터에 올라탔다. 2층에 내려 복도를 걷다 낯익은 얼굴과 마주쳤다. 회사 동료다. 당황한 얼굴로 조에게 인사한 동료는 강과 잠시 눈을 맞춘 뒤 말없이 지나쳐 갔다.

강이 복도에 줄지은 문 하나를 열었다. 병실에 아이 하나가 누워 있었다. 머리에 붕대를 감은 아이는 손과 발이 침대에 묶인 채 잠들어 있다. 강은 아이를 잠시 살피고 다른 병실로 들어갔다. 다른 방들도 마찬가지였다. 아이가 잠든 채 누워 있다. 모두 머리에 붕대를 감고.

"발작을 일으킨 애들이야. 소집된 곳에서 이송됐어."

"머리를 다쳤어?"

"치료 중이야."

"병원이 아닌 이런 곳에서 치료하는 이유가 있겠지?"

"보안 차원이지."

"뭘 숨기는 거야?"

"신중을 기할 뿐이야. 이 애는 얼마 전에 뇌 수술을 받고 회복 중이야. 호르몬이 지나치게 분비될 때 억제해 줄 수 있는 장치를 뇌에 심었어. 이상 징후가 나타나면 바로 조절해 줘. 아주 작은 칩이지."

조가 아이를 내려다본다. 아이의 얼굴은 창백하고 약한 숨을 내쉰다. 몇 살일까? 렌 또래 같다. 얼마 전까지 이 아이는 건강하고 아무 문제 없었겠지. 이런 일이 생길지 짐작조차 못 했고 지금 자신에게 무슨 일이 벌어졌는지도 모르는 채 누워 있다. 조는 현기증과 함께 극심한 두통을 느꼈다. 진땀을 흘리며 조는 가까스로 묻는다.

"이 아이…… 괜찮아?"

"지켜보는 중이야."

"괜찮지 않으면? 이 아이는 어떻게 돼?"

"우린 언제나 기대를 걸지. 아주 작은 가능성이라도."

"확실하지도 않은 방법으로 아이들을 대상으로 실험하고 있는 거야, 지금?"

"아이들을 위해서야. 이게 제일 확실하고 빠른 방법인 걸 당신도 알잖아."

"아니, 난 모르겠어."

"그래, 당신이 그럴 줄 알고 이 일에서 제외한 거야. 당신은 늘 이상적이고 윤리적이지. 남을 비난할 때만. 그런데 넥스트 제너레이션 프로젝트를 진행한 게 누구지? 아무도 당신에게 억지로 시킨 적 없어. 기꺼이 원해서 한 거잖아. 당신도 이 일에 책임이 있어. 응원은 못 할망정 재는 뿌리지 말라고."

강은 작심한 듯 퍼부었다. 조는 강을 물끄러미 바라보았다. 한때는 서로에 대해 잘 알고 이해한다고 생각했는데 착각이었다.

"이상과 윤리를 빼고 나면 우리에게 뭐가 남는데?"

강은 굳은 표정으로 고개를 돌렸다. 조는 아이를 한번 바라본 뒤 병실을 떠난다.

로라

조가 마당으로 들어서자 희미하게 소리가 들린다.

"로라?"

울타리 밑에 로라가 몸을 웅크리고 울고 있다. 조는 조심스레 다가가 로라, 하고 불렀다. 손을 내밀자 로라가 움찔한다. 엄마야, 하는 소리에 로라가 겁먹은 눈빛으로 올려다본다. 집에 가자, 로라. 조가 로라를 안아 들자 그제야 골골 소리를 내며 품으로 파고든다.

다행히 다친 데는 없는 것 같다. 로라를 살펴보고 조는 안도한다. 그래도 혹시 모르니 병원에 데려가 봐야 한다. 우선은 밥을 배불리 먹고. 살이 쏙 빠진 로라가 허겁지겁 밥을 먹는다. 탐스럽던 털이 푸석하고 지저분해졌다. 작고 예쁜 아기. 어디 갔었어. 가만히 쓰다듬어 주니 로라는 조의 손에 얼굴을 비비고 고르릉 고르

링 소리를 낸다.

밥을 먹고 난 로라가 주변을 두리번거리며 왜앵, 왜앵, 운다. 언니를 찾고 있구나, 로라. 조는 로라를 안고 계단을 올라 렌의 방문을 연다. 로라가 한참 냄새를 맡으며 방 안을 돌아다녔다.

"언니 곧 올 거야, 로라. 조금만 기다려."

로라가 조의 말을 알아듣기라도 한 듯 침대 위로 폴짝 뛰어올랐다. 그러더니 이불 속으로 들어가 둥글게 몸을 말았다. 늘 렌과 함께 잠들던 자리였다. 잠시 뒤 고른 숨소리가 들려왔다. 몹시 고됐구나. 모험을 마치고 돌아온 작은 아기.

잠든 로라를 지켜보다 조는 진에게 로라가 돌아왔다고 메시지를 보냈다. 바로 전화를 걸어 온 진이 조보다 더 기뻐한다. 그제야 조의 눈에서 눈물이 주르르 흐른다. 로라를 기다리는 동안 마음이 까맣게 타들었다.

조는 자물쇠를 열고 가이의 방에 들어갔다.

"나갈 준비 해. 우리 갈 데가 있어."

놀란 가이가 조를 멍하니 바라봤다.

"어디?"

"드라이브."

조는 로라의 밥그릇에 사료를 가득 채운다. 곧 진 이모가 와서 돌봐 줄 거야. 잘 먹고 놀고 있어. 다녀올게, 로라. 그러고 집을 나선다.

달린 지 한참 됐다. 가이가 멍하니 차창 밖을 내다본다. 간혹 말라 죽은 나무와 덤불이 보일 뿐, 허허벌판 사이로 난 길을 달리고 있었다. 조가 차창 너머 하늘을 바라본다. 잔뜩 흐리다. 백미러를 보니 먹구름이 멀리서 쫓아온다.

"드라이브하기 좋은 날씨네."

조가 중얼거리고 힐긋 조수석에 앉은 가이를 본다. 이렇게 나란히 앉은 것도, 얼굴을 보는 것도 오랜만이다. 가이는 이 주 만에 방에서 나왔다.

"피곤하면 기대서 좀 자."

"나 발작하면 어떡해?"

"그때 이후론 괜찮았어."

"언제 일어날지 모르잖아."

"그러지 않길 빌어야지."

"엄만 나 안 무서워?"

조가 눈을 돌려 가이를 잠시 본다.

"무서워. 늘 무서웠어. 너 태어났을 때부터. 너를 잘 키울 수 있을지 내 자신이 무서웠어."

갓 태어난 가이는 너무 자그맣고 약해 보여 실수로 떨어뜨릴까 봐, 혹시 밟지나 않을까 두려웠다. 우유를 잘 먹지 않아도, 트림하다 우유를 토해도, 갑자기 울음을 터뜨려도, 잠을 안 자고 칭얼거려도, 열이 오르기만 해도 왈칵 무서웠다. 자는 아이의 코에 손가락을 수시로 대 보며 노심초사했다. 하지만 가이가 태어났을 때 벅차도록 기뻤다. 처음 느끼는 감정이었다. 순간순간 감동하고 전율했다. 처음 눈을 맞췄을 때, 엄마라고 불렀을 때, 첫걸음마를 뗐을 때. 뭐라 말할 수 없이 경이로웠다. 진심으로.

"내 걱정 하는 거라면 마취 주사 챙겨 왔어."

"난 무서워."

"주사 안 아프게 놓도록 노력해 볼게."

"나 어디가 잘못된 거야?"

조는 앞만 바라본다. 어떻게 이야기해야 할까. 인간의 이기심과 욕심에 관해 설명할 자신이 없다. 너무 추악하고 잔인하니까. 언젠가는 알게 되겠지만 가이가 자신과는 다른 사람이 되길 조는 바란다. 자신은 비겁했다. 한편 조는 너무 슬프다. 가이는 건강하고 밝은 아이였다. 항상 친구들에 둘러싸여 있었고 여학생들에게 종종 편지와 선물을 받으면 얼굴을 붉히고 학업 평가 리포트에는 늘 '미래가 기대되는 학생'이라는 말이 쓰여 있었다. 농구를 좋아해서 주말 오후 내내 얼굴 보기가 힘들고 하늘을 누비는 파일럿이 꿈인 아이. 그런데 그런 아이가 언제 발작할지 몰라 벌벌 떨며 스스로를 방 안에 가뒀다. 생각만 해도 조는 가슴이 찢어질 것 같다.

"네 잘못 아니야. 절대로."

"너무 강조하지 마. 엄마 그렇게 말할 때 불안해. 처음 치과 갈 때도 그랬지."

조는 피식 웃었다. 반갑다. 이런 대화도, 가이가 엄마라고 부르는 것도.

"의사 선생님이 안 아프게 해 줄 줄 알았지."

가이가 처음 뽑은 유치를 조는 간직하고 있다. 렌의 것도 함께.

"우리 어디 가는데?"

"곧 알게 될 거야."

조는 속도를 높인다. 어서 도착해야 한다. 먹구름은 더 빠르게 따라온다.

한참을 달린 뒤 조는 차를 멈춘다. 저만치 떨어진 곳에 있다. 높은 벽으로 둘러싸인 건물이다.

가이는 이곳이 어딘지, 왜 엄마가 여기에 데려왔는지 모르겠다.

"너에게 기회를 줄게."

"무슨 기회?"

"렌에게 사과할 기회."

가이가 고개를 돌려 조의 얼굴을 바라본다. 서로 눈을 마주 보는 게 얼마 만인지. 가이의 눈은 부끄러움과 후회로 가득 차 있다.

"내가 뭘 하면 되는데?"

소용돌이

"우미 말이 사실일까?"

나기가 작은 목소리로 묻는다.

"흰 가운이 모두 죽는다고 했다는 말."

"진짜 그랬는지는 모르겠지만 하는 짓을 보면 근거 없는 소문은 아니지."

위령이 시큰둥하게 대꾸했다. 구석에서 기침하는 소리가 났다. 흰 가운의 말대로 되는 데 오래 걸리지 않을 것 같다.

나기는 이곳에 온 첫날부터 줄곧 해 온 생각을 꺼낸다.

"여기서 나가야겠어."

"우리도 생각해 봤는데."

기다렸다는 듯이 위령이 말한다.

"운동장에 나갔을 때를 노려야 할 것 같아. 대령인지 뭔지가 뭘 시키면 어수선한 틈을 타서 탈출하는 거야."

"가능해?"

위령이 한숨을 크게 내쉰다.

"뭐, 아주 불가능하진 않지. 혹시 순간 이동 능력 같은 거 있냐?"

"순간 이동 능력? 그게 뭐야?"

위령이 나기에게 설명해 준다. 나기는 그런 능력은 없다고 했다.

"빗소리 듣는 것 말고 또 잘하는 거 없어?"

나기가 잠시 생각해 본다.

"잘하는지는 모르겠는데 운전할 줄 알아. 오토바이랑 자동차."

우와. 렌과 위령의 눈이 동그래진다.

"차가 있어? 오토바이도? 운전을 배웠어?"

위령의 질문에 나기는 대답하다가 어쩌다 보니 수이와 영감님과 튤리파, 물고기를 좋아했던 수이의 고양이 앨리스 얘기까지 하게 됐다.

"오오, 능력자! 빛의 속도로 달린단 말이지?"

위령이 운전하는 시늉을 하자 나기의 얼굴이 대번에 붉게 달아오른다.

"좋았어. 차만 한 대 훔치면 탈출은 완벽해."

위령이 흥분했다.

"하지만 차를 어떻게 훔치지?"

나기가 묻는다.

"내 말이. 이제 차 안까지 순간 이동 능력만 있으면 돼."

야! 렌과 나기가 위령의 등을 팡 소리 나게 두들겼다. 위령이 아프다면서 큭큭 웃는다.

"그런데 말이야……."

갑자기 위령이 심각한 표정이 된다.

"늪에 물고기가 많아? 낚시로 잡아?"

"으응? 낚시로도 잡고 그물로도 잡지. 진흙을 헤집어서 손으로 잡기도 해. 흙 속에 게랑 새우랑 조개도 있어."

"잡은 건 먹어?"

"먹지. 굽기도 하고 국도 끓이고."

"나, 너희 집 놀러 가도 돼?"

"어?"

나기가 멈칫하더니 위령과 렌을 번갈아 잠시 바라보다 말한다.

"오면 무지개 새우 잡아 줄게. 그게 제일 맛있어."

"진짜? 손가락 걸어."

위령이 눈을 빛내며 새끼손가락을 내민다. 나기는 무슨 의미인지도 모르고 손가락을 내준다.

"약속한 거다? 물고기 씨가 말라도 난 몰라."

렌이 고개를 숙이고 쿡쿡 웃었다.

여기서 우리가 살아서 나갈 수 있을까? 모두 같은 질문을 품고 있을 것이다. 아무도 대답해 주지 않는 질문. 하루빨리 여기서 나가고 싶다. 나기는 나가고 싶은 이유가 하나 더 생겼다. 친구들과 함께 집에 가고 싶다.

렌은 한 번도 가 본 적 없는 늪지를 상상해 본다. 검붉은 진흙 속에 숨어 있는 무지갯빛 새우, 바람이 불면 서걱거리는 갈대의 숲, 진녹색 수면 위로 고요히 퍼지는 물결, 양쪽 눈의 색이 다른 여자들. 어쩌면 렌은 그곳에서 왔고 언젠가 그곳으로 돌아갈지도 모른다.

"우리 셋만으론 안 돼."

위령과 나기가 조용히 렌의 말에 귀 기울인다.

"다 같이 움직여야 해. 우리가 함께 움직이리라고 전혀 생각하지 못할 거야. 허를 찌르는 거지. 숫자가 많다는 게 우리가 가진 유일한 무기기도 하고."

"그런데 다른 애들도 같은 생각일까?"

나기가 묻는다. 아까 우미와 이지의 충돌을 보니 염려스럽다.

"여기서 나가고 싶다는 마음은 같을 거야. 하지만 행동으로 옮길 수 있느냐가 문제지. 상대는 총을 가졌으니까."

렌의 말을 듣고 위령은 팔짱을 낀 채 곰곰이 생각한다. 쉽지 않은 일이다. 성공 가능성이 극히 희박한 데다 너무 큰 위험이 따른다. 실패했을 경우는 상상하기도 싫다. 아니, 상상할 겨를도 없이 바로 끝나겠지. 목숨을 걸 만큼 아이들은 절박한가? 행동할 힘이 있을까?

"탈출하다 죽으나 가만있다가 죽으나. 그렇다면 나는 시도해 보고 싶어."

위령이 말한다.

렌과 위령은 방 안을 천천히 둘러본다. 우미와 율리, 준지, 리야. 그리고 또 다른 아이들. 같이 행동해 줄 것인가. 나기는 그런 렌과 위령을 말없이 바라본다.

세 사람은 거의 불가능에 가까운, 무모한 계획을 의논한다. 그날 밤 방 안에는 탈출에 관한 소문이 은밀히 돈다. 누군가는 의심하고, 성공 가능성을 점쳐 보거나 두려워하고, 또 다른 누군가는 무시하고 귀를 닫는다. 하지만 모두의 마음속 깊이 기대가 소용돌이친다.

별

"저런 데에 있다고?"

가이가 어이없는 표정으로 물었다. 조가 고개를 끄덕였다. 믿을 만한 소식통에 의하면 렌은 저곳에 있다. 멀리 벽 너머로 창고 같은 건물 지붕이 언뜻 보였다.

조는 천천히 차를 몰아 다가갔다. 둔중한 철문이 굳게 닫혀 있고, 진입로를 비추는 감시 카메라가 있다. 조는 벽을 따라 서서히 차를 달렸다. 다른 입구는 없다. 담장 위 곳곳에 감시 카메라. 만약 잘 작동되고 있다면 안에서 수상한 기색을 눈치챘을 것이다. 빙고. 한 바퀴 돌고 정문 앞에 도착하자 군인 두 명이 나와 있다. 군인 하나가 차로 다가와 차창을 열라는 시늉을 했다. 조는 지시에 따른다. 무슨 일이냐고 군인이 물었다.

내 아이가 이 안에 있다고, 잠시 만나고 싶다고 조는 부탁하고 싶다. 제발 얼굴만이라도 보게 해 달라고 애원하고 싶다. 하지만 감정이 북받쳐 한마디도 할 수 없다.

"화장실 좀 써도 돼요? 급해서요."

가이가 군인에게 말했다. 전교 회장 선거에 나가서 압도적인 표차로 당선됐던 근사한 미소를 지어 보이며. 군인이 외부인은 들어올 수 없고 군 통제 구역이니 즉시 떠나 달라고 굳은 표정으로 말했다. 지시대로 조는 차를 출발시킨다.

"봤어? 저 사람들 총을 갖고 있어."

가이가 백미러를 보며 말했다. 군인들은 여전히 뻣뻣한 자세로 서서 차가 떠나는지 지켜보고 있었다. 조는 말없이 차를 몬다. 군인들의 시야에서 완전히 벗어난 곳에 차를 멈춘다.

"이제 어떻게 해?"

가이가 묻는다.

"우선 뭐 좀 먹자."

조가 가이에게 봉투를 건넸다. 가이는 먹고 싶지 않다고 했다. 든든히 먹어 둬야 해. 조의 말에 가이가 봉투에서 샌드위치를 꺼내 먹기 시작했다. 조는 커피만 마셨다. 입이 바짝바짝 탔다. 트렁크에는 짐이 잔뜩 실려 있다. 침낭과 텐트, 담요와 버너, 랜턴과 접이식 의자, 생수병과 즉석식품 등. 렌과 도망칠 때 썼던 짐이 고스란히 실려 있다. 정리할 경황도 없었고 외면하고 싶기도 했다. 치우지 않길 잘했다. 여기서 얼마나 있을지 모르겠다.

해가 완전히 떨어진 뒤에 조는 전조등을 끈 채 조용히 차를 몬다. 감시 카메라의 시야 바깥쪽, 어둠을 의지해 숨는다. 밤이 점점 짙어진다. 조는 차창 밖으로 높은 담을 뚫어지게 바라본다. 가이는 조수석에서 잠이 들었다. 담 너머에서 희미한 빛이 새어 나올 뿐, 아무 움직임도 없다. 문은 한 번도 열리지 않았고 출입하는 사람도 없다. 조는 두통약을 입안에 털어 넣고 커피를 마신다. 두통이 점점 심해진다. 문득 타주가 떠오른다.

한번은 타주가 조에게 나뭇잎에 싼 작은 꾸러미를 줬다. 끓여 먹으면 두통에 효과가 있다고 했다. 조는 늘 두통에 시달렸지만 타주에게 얘기한 적은 없었다. 집에 돌아와 나뭇잎을 풀자 검고 작은 말린 열매가 한 움큼 나왔다. 처음 보는 열매였다. 냄새를 맡아 보니 익숙한 향이 났다. 타주와 타주의 집에서 풍기던 마른 꽃잎 같은 냄새였다. 조는 열매를 서랍 속에 넣어 두고 잊어버렸다. 한참이 지난 뒤, 약도 듣지 않는 극심한 두통에 시달리다 타주가 준 열매를 기억해 냈다. 열매를 끓인 물을 마시자 두통이 사라졌다.

조는 두어 달에 한 번 정도 타주의 집에 찾아갔다. 처음에는 목적이 있었다. 늪지의 여자들은 자연적으로 임신하고 유산도 거의 하지 않았으며 마을에 기형이나 장애가 있는 아이가 드물었다. 아이들은 백신을 맞지 않는데도 소아마비나 홍역 등의 질병을 앓지 않았다. 앓더라도 아주 가볍게 지나갔다. 늪지 아이들은 항체를 지니고 태어나는 것 같았다. 조는 늪지 사람들에 관한 연구를 계획하고 연구비를 신청했지만 승인받지 못했다. 늪지는 금기의 땅이었다.

연구비는 포기했지만 조는 개인적인 호기심에 끌려 늪지를 찾았다. 타주와 그의 손녀 때문이었다. 타주처럼 손녀도 양쪽 눈동자의 색이 달랐다. 아이는 조를 잘 따랐다. 영특해서 조가 선물로 준 그림책을 읽으며 글을 깨쳤다. 함께 책을 읽고 내용에 관해 이야기를 나누었다. 아이는 빠르게 이해하고 익혔다. 책을 통해 늪지 밖의 세계를 알기 시작했지만 아이에게 도시는 어렴풋한 그림자와 같았다. 조의 이야기를 듣는 아이의 눈은 호기심으로 가득차, 미묘한 색으로 빛났다. 아이의 이름은 나기. 어쩌면 렌과 나기는 친척일지도 모른다.

조는 지금도 종종 그 애, 나기를 떠올린다. 그때마다 가슴 한쪽이 뻐근해진다. 그리운 한편 미안함을 느낀다. 그 애에게 작별 인사조차 하지 못했다. 다시 만날 수 있을까? 아마 아닐 것이다.

"엄마?"

조가 담요를 덮어 주자 가이가 잠을 깼다. 가이가 어리둥절한 얼굴로 눈을 끔벅거리다 정신을 차린다.

"나 오래 잤어?"

조는 고개를 젓는다.

"더 자."

"아냐. 엄마 눈 좀 붙여. 이제 내가 감시할게."

"난 괜찮아."

사방은 불빛 하나 없이 고요하다. 조와 가이는 나란히 어둠을 바라본다. 어둠 속 아주 가까이 렌이 있다. 짙은 구름이 가득한 하늘에 조용히 별 하나가 떠오른다.

토끼몰이

렌은 재빨리 운동장에 모인 아이들의 수를 헤아린다. 여섯 줄, 삼백 명쯤이다. 처음엔 오백 명이었다. 여기 온 지 이십여 일이 지났다. 하루에 열 명꼴로 사라졌다. 그 아이들은 어디에 있을까. 오늘 렌의 줄은 노란색 리본을 받았다. 리본은 얼룩지고 올이 풀렸다.

대령이 단상에 선다. 아무 말 없이 선글라스 너머로 아이들을 내려다본다. 아이들은 긴장해서 뻣뻣한 자세로 대령을 올려다본다.

군인들이 아이들을 운동장 가장자리로 몬다. 뭘 시키려는지 궁금하지만 말없이 고분고분 따른다. 아이들은 훈련됐다.

대령이 확성기를 잡는다.

"붉은색 줄."

붉은색 리본을 단 아이들의 얼굴이 굳는다.

"너희 줄에서 누가 제일 느린가?"

대령이 붉은색 줄 맨 끝에 선 키 큰 아이를 지목해 묻는다. 달고 있는 리본처럼 얼굴이 붉어진 채 아이는 머뭇거린다.

"잘 안 들린다. 네가 제일 느린가?"

"아닙니다!"

키 큰 아이가 목청껏 소리 지른다.

"그럼 누군가?"

아이의 얼굴은 이제 하얗게 질린다. 누가 제일 느린지 알지 못한다. 제일 느리다고 지목당한 애가 어떤 곤란에 처할지 모른다. 하지만 여기선 중요치 않다. 곤란해지는 게 내가 아니기만 바랄 뿐이다. 키 큰 아이가 앞줄에 있는 작은 아이를 가리킨다.

"네가 제일 느린가?"

대령이 작은 아이에게 묻는다.

"잘 모르겠습니다."

작은 아이의 목소리가 떨린다.

"이제 알게 되겠지. 넌 오늘 행운아다. 너에게 특별한 혜택을 주겠다."

아이가 겁먹은 얼굴로 대령을 올려다본다. 대령의 말을 믿지 않지만 그래도 혹시나 한다. 아이는 집에 돌아가길, 오늘은 아무도 다치지 않길, 한 끼라도 배불리 먹을 수 있길 바랐다. 그래서 이제는 아무것도 기대하지 않게 되었다. 기대는 늘 좌절만 안겨 줬다.

"너는 제일 느리니까 먼저 출발할 수 있는 혜택을 주겠다. 느림보 거북이가 아니라 날쌘 토끼가 되는 거야."

작은 아이가 제 귀를 의심한다. 이곳에서 혜택이라고는 빵 부스러기만큼도 받아 본 적 없다. 분명 함정이다. 어디에 함정이 있는지 두렵다.

"나머지는 열을 센 뒤 출발한다. 토끼를 따라잡지 못하면 벌칙이 있다. 그리고 토끼는 운동장 중앙선을 지나기 전에 따라잡히면 벌을 받는다."

역시 의심한 대로다. 작은 아이의 얼굴이 울상이 된다.

군인들이 운동장을 가로질러 하얀 선을 그어 출발 지점과 중앙, 도착 지점을 표시한다. 아이들은 긴장으로 얼굴에 경련이 인다. 벌이 뭔지 두렵다. 이곳의 모든 순간이 두렵다. 이윽고 달리기가 시작된다.

총소리가 울리자 토끼가 소스라치게 놀라더니 뛰기 시작한다. 대령이 10부터 거꾸로 세기 시작한다. 토끼가 필사적으로 달린다.

"3, 2, 1!"

또 총소리가 난다. 아이들이 뛰기 시작한다.

운동장에 자욱이 먼지가 인다. 토끼는 필사적으로 달아나고 그 뒤를 아이들이 맹렬하게 추격한다. 운동장 절반을 지나기 전에 토끼가 순식간에 따라잡힌다. 토끼의 얼굴이 일그러진다.

토끼를 따라잡지 못한 애들과 너무 일찍 따라잡힌 토끼는 운동장 둘레를 토끼뜀으로 돌기 시작한다. 벌치고는 괜찮다고 아이들은 안도한다. 하지만 잠시 후 비명이 터진다. 군인이 곤봉을 휘둘렀다. 자세가 흐트러지거나 뒤처지는 애에게 즉시 곤봉이 날아든다. 토끼보다 빨랐던 애들은 가슴을 쓸어내린다.

노란색 줄 차례다. 렌의 턱이 바르르 떨린다. 렌은 토끼몰이가 낯설지 않다. 늘 쫓겼다. 아이들은 누가 약한지 귀신같이 알아냈다. 약하지 않으면 약해질 때까지 몰았다. 대령은 사람을 지옥 구덩이로 밀어 넣는 방법을 너무도 잘 안다. 구덩이 가장자리에 매달리게 해서 간신히 걸친 손가락을 하나하나 짓밟을 것이다.

토끼가 지목된다. 렌은 쇠망치로 머리를 맞은 기분이다. 렌이 위령을 바라본다. 위령은 렌을 향해 괜찮다고 윙크를 보내려 하지만 양쪽 눈이 다 감긴다. 토끼로 지목된 건 위령이다.

위령이 출발선에 선다. 위령의 얼굴이 긴장으로 딱딱해진다. 모두 위령을 바라보고 있다. 토끼뜀으로 운동장을 도는 애들도 눈을 돌려 새로운 토끼의 운명을 궁금해한다.

출발을 알리는 총소리가 울리고 대령이 확성기에 대고 소리친다. "10!"

위령은 꿈쩍도 하지 않는다.

아이들은 웅성거리고 위령을 토끼로 지목한 아이는 자신의 선택에 만족한다. 대령의 카운트가 이어진다. 운동장 반은커녕 서너 걸음도 못 가 토끼는 잡히리라.

달려! 위령, 어서! 렌이 속으로 외친다.

"7!"

그제야 위령이 땅을 박차고 달리기 시작한다.

다들 위령의 겉모습만 보고 판단한다. 게으르고 둔할 거라고. 반쯤은 맞다. 하지만 꼭 그렇지만은 않다. 위령이 제일 자신 있는 건 먹기고 그다음은 달리기다. 위령은 상당히 빠르다. 괴롭히는 애들을 피해 달아나며 알게 됐다. 위령의 발이 허공을 가른다. 중력을 거스른다는 게 뭔지 보여 주지.

대령이 열을 다 세기 전에 위령은 이미 운동장 가운데까지 갔다. 그러다 갑자기 중앙선 앞에서 주춤거린다.

"1!"

총소리가 울린다. 아이들이 일제히 뛰기 시작한다.

위령이 고개를 돌려 쫓아오는 애들을 본다. 렌과 나기가 아이들 뒤쪽에서 달리고 있다. 위령은 제자리에서 뛰는 척하며 중앙선을 넘지 않는다. 아이들은 의아해하면서도 기를 쓰고 달려 위령을 제친다. 렌과 나기가 함께 달려온다. 위령은 기다린다. 드디어 왔다. 세 사람은 나란히 중앙선을 넘어 동시에 결승점에 도착한다.

렌이 숨을 헐떡이며 긴 속눈썹을 파르르 떤다. 나기는 분명 더 빨리 뛸 수 있었다. 위령은 그보다 더 빠르다. 벌을 피할 수 있는데도 피하지 않았다.

군인이 위령을 단상 위로 데려간다. 렌과 나기도 함께 끌려간다.

대령이 선글라스 너머로 세 사람을 노려본다. 대령은 심기가 몹시 뒤틀린다. 단체 생활에서는 명령과 복종이 가장 중요하다. 그것이 이곳의 규칙이다. 규칙을 어기는 자는 용서할 수 없다. 그보다 더 참을 수 없는 건 건방진 놈들이다. 대령이 군홧발을 든다.

위령이 배를 감싸며 푹 쓰러진다. 숨이 쉬어지지 않는다. 침을 흘리며 구른다. 이런 모습을 친구들에게 보이고 싶진 않은데, 젠장. 하늘이 노래진다. 오늘은 위령의 생일이다. 생각해 보니 좋았던 생일이 별로 없었다. 축하해 주는 친구 하나 없었다. 그래도 미루가 그려 준 생일 축하 카드는 좋았는데.

그때 드론 한 대가 벽을 넘어 허공에 솟구쳐 오른다.

드론

가이는 늘 강이 주는 생일 선물을 좋아했다. 사 달라는 건 뭐든 사 줬으니까. 열 살 생일을 제 아빠와 보내고 온 가이는 몹시 기분이 좋았다. 가이의 손에는 드론이 들려 있었다. 기계에 문외한인 조의 눈에도 어린애가 재미로 날리는 수준의 물건이 아니었다. 그 뒤로 가이는 드론 조종에 푹 빠졌고 기능이 업그레이드된 새 기종으로 줄기차게 바꿔 댔다. 비행이 금지된 곳에서 날리거나 조종 미숙으로 남의 집 유리창을 깨는 등 이런저런 사고를 치기도 했다. 그런데 가이의 취미가 도움이 될 날이 오다니. 조는 집을 나서기 전 가이의 드론을 모두 챙겼다.

"한 번만 더 비행 허가 없이 날리면 가만 안 둔다고 누가 그랬던 것 같은데."

"오늘은 맘대로 날려. 엄마가 허가한다."

가이가 고개를 젖혀 하늘을 올려다보며 눈살을 찌푸린다. 태양 빛이 눈을 찔렀다. 어제의 먹구름은 흔적도 없다.

"들키면?"

"넌 바로 뒤도 돌아보지 말고 도망쳐. 그리고 아빠한테 전화해서 데리러 오라고 해."

"엄마는?"

조는 대답하지 않는다.

"혹시 저 안에 들어가려고 이러는 거야?"

"시작하자."

"엄마!"

"아무 일도 없을 거야. 렌이 무사한지 확인만 하면 돼. 도와준다고 약속했잖아."

가이는 엄마를 꺾을 수 없다는 걸 안다. 별수 없다. 잠시 뒤 드론이 공중으로 날아오른다.

보인다. 아이들이 밖에 나와 있다. 다행이다. 아이들이 달린다. 체육 시간인가? 가장자리에 쭈그려 앉은 애들은 뭘 하는 거지? 조는 화면에 얼굴을 바짝 갖다 댄다.

"좀 더 가까이 갈 수 있어? 애들 얼굴이 잘 안 보여."

가이가 조종기를 작동한다.

조는 화면이 뚫어져라 들여다본다. 애들이 많다. 렌을 찾아내기 쉽지 않다. 맙소사, 저 죄수 같은 옷은 뭐지? 렌은 어디에 있지?

그런데……?

"세상에……."

조가 손으로 입을 막는다. 조의 얼굴이 일그러지고 몸을 부들부들 떤다.

"엄마, 괜찮아?"

"애들을 때리고 있어."

잘못 본 게 아니다. 애들이 맞고 있다. 가이가 화면을 향해 욕설을 나직이 내뱉는다.

"잠깐만. 여기, 렌 아냐?"

조가 황급히 화면을 들여다본다. 순간 천둥 치는 소리가 나고 화면이 까맣게 변한다.

"이거 총소리야?"

가이가 믿기지 않는 얼굴로 말한다.

"총으로 드론을 맞췄나 봐."

조가 더는 참지 못하고 눈물을 쏟는다. 가슴이 찢어지는 것 같다. 도대체 저 안에서 무슨 일이 벌어지고 있는가.

문

 이 불량 폭탄 같은 것들. 대령이 분을 참지 못하고 쓰러진 위령을 내처 발로 차려는 순간. 하늘에서 무슨 소리가 난다. 대령은 고개를 젖혀 올려다본다. 드론이 단상을 향해 날아온다. 운동장에 있는 모두가 고개를 들어 하늘을 선회하는 작은 비행체를 멍하니 바라본다.
 "저게 뭐야?"
 드론이 단상 위를 돌다 공중으로 솟구친다.
 "누가 저딴 걸."
 대령이 허리에 찬 권총을 뽑아 드론을 쏜다. 빗나갔다.
 "제거해!"
 대령의 명령에 군인들이 드론을 향해 사격한다.
 공중에서 붉은 화염이 솟구치고 불덩이가 떨어진다. 아이들이 비명과 탄성을 내지른다.

순간 위령이 몸을 날려 대령을 덮친다. 불시의 습격에 대령은 몸을 가누지 못하고 쓰러진다. 대령의 선글라스가 바닥에 떨어져 박살 난다. 위령이 대령의 등에 올라타 온 힘을 다해 누른다. 나기가 대령이 떨어뜨린 총을 얼른 주워 든다.

단상 위에 있던 군인이 움직인다. 위령에게 권총을 겨눈다. 렌이 몸을 던져 군인에게 부딪친다. 군인이 균형을 잃는 순간 렌은 군인의 팔을 있는 힘껏 꽉 문다. 군인이 비명을 지르며 손에 쥔 권총을 떨군다. 렌이 총을 발로 멀리 차 버린다.

나기가 권총을 대령의 목에 댄다.

"쏴 봐. 쏠 줄도 모르잖아."

대령이 바닥에 얼굴을 박은 채 클클클 웃는다.

쓰레기장에는 없는 것이 없다. 악취를 풍기며 썩어 가는 쓰레기와 온갖 소문과 괴담, 재밌는 친구 수이와 뚱한 고양이 앨리스, 털털거리는 구닥다리 영감님, 영롱한 금궤와 부패한 시체. 총은 왜 없겠는가. 친구 수이가 가르쳐 준 게 운전만은 아니었다. 나기가 총을 대령의 머리에 대고 안전장치를 푼다.

"이렇게 하면 총알이 나가는 건가? 어디 한번 당겨 볼까?"

찰칵, 소리에 대령이 사색이 된다.

위령이 나달거리는 제 바지 한쪽 단을 쭉 찢어 대령의 두 손을 등 뒤에서 단단히 결박한다.

운동장은 고요하다. 모두가 지켜보고 있다. 토끼뜀을 멈추고 곤봉을 휘두르는 것도 잊고 멍하니 지켜본다. 무슨 일이 일어나고 있는지 정확히 이해하지 못한다. 상상조차 못 한 일이다.

"모두 총을 버리라고 해."

나기가 지시한다. 대령은 코웃음 친다. 나기가 대령의 발을 겨눈다. 총소리가 울린다. 지옥에서 올라온 듯한 끔찍한 비명이 터진다.

"모두 총 버려!"

대령이 악을 쓴다. 얼굴이 흉측하게 일그러졌다.

군인들이 총을 바닥에 내려놓는다. 기다렸다는 듯이 아이들이 잽싸게 총을 줍는다.

위령이 결박한 대령의 두 손을 끌고, 나기가 대령의 목에 총을 겨눈 채 단상에서 내려온다. 렌은 군인이 떨어뜨린 곤봉을 집는다.

세 아이와 대령이 운동장을 가로지른다. 반이 날아가 버린 군화가 지나간 바닥에 검붉은 선이 그어진다. 모두 숨죽여 바라본다.

"문 열라고 해."

나기가 굳게 닫힌 철문 앞에서 대령에게 말한다. 보초병은 대령만 바라본다. 명령을 따르는 게 그들의 임무다. 옳고 그름은 생각할 필요 없다. 대령의 명령이 떨어지면 즉시 복종할 것이다.

나기가 총을 고쳐 잡는다.

"문 열어."

대령의 명령이 떨어졌다. 군인들은 명령에 따른다. 문이 열린다.

간호사

세 아이가 문밖으로 나갔다.

그 순간 정지되어 있던 것들이 일제히 움직인다. 쭈그려 앉았던 아이들이 일어나 어리둥절해서 여전히 믿기지 않은 얼굴로 서로의 눈치를 살핀다. 한 아이가 결심했다는 듯 걷기 시작한다. 그 뒤를 아이들이 하나둘 따른다. 검붉은 핏자국이 향한 곳으로.

군인들이 곤봉을 들지만 휘두를지 망설인다. 흰 가운들이 우왕좌왕한다. 명령이 필요하다. 소령이 명령을 내린다. 문을 닫으라고 고함친다. 보초 둘이 황급히 명령에 따른다. 문이 닫히기 시작한다. 아이들이 달린다.

양다솔 간호사는 명령이 떨어지기 전 누구보다 먼저 움직였다. 정신없이 뛰어 건물 옆에 세워진 구급차에 올라탔다. 시동을 걸자마자 액셀러레이터를 밟는다. 소령의 명령보다 차가 빠르다. 운동장을 가로지른 구급차가 문을 향해 질주한다. 아슬아슬하게 문 사이에 들어선 차는 그대로 멈춘다. 그리고 꿈쩍도 하지 않는다. 아이들은 의아해하다 깨닫는다. 문이 닫히지 않았다. 구급차가 막아섰다. 아이들이 문을 향해 허둥지둥 모여든다.

멈춘 구급차와 닫지 못한 문 사이의 틈으로 아이들이 줄줄이 빠져나간다. 보초가 막아 보지만 아이들 숫자가 너무 많다. 보초가 아이들에게 총을 겨눈다. 아이 하나가 총부리를 손으로 잡고 보초를 노려본다. 보초는 당황하고 차마 쏘지 못한다.

아이들을 잡으러 군인들이 달려온다. 다급해진 아이들이 차 지붕으로 기어오른다. 구급차 지붕을 타고 넘어 문밖으로 나간 아이가 뒤돌아본다. 차 안에서 흰 가운이 아이를 지켜본다. 아이는 공포로 떨던 밤 피 묻은 얼굴을 닦아 주던 부드러운 손과 눈물 어린 눈을 떠올린다. 아이는 차 안의 흰 가운에게 고개를 숙인 뒤 몸을 돌려 달린다.

소령이 명령한다. 군인들이 아이들을 향해 총을 겨눈다.

"쏘지 마! 우리가 보고 있어!"

한 아이가 외친다.

누군가 따라 외친다. 우리가 보고 있어!

아이들이 입 모아 외친다. 우리가 보고 있어!

그때 드론이 다시 담을 넘어 운동장 위를 비행한다.

함성이 터진다.

하나도 놓치지 말라고 소령이 악을 쓴다. 군인들이 명령에 따라 움직인다. 차 지붕으로 오르는 작은 아이를 군인들이 잡아당긴다. 아이는 필사적으로 버티지만 질질 끌어 내려진다. 그걸 본 아이들이 군인에게 달려든다. 아이들은 두렵다. 하지만 이전만큼 두렵지는 않다.

아이들이 하나둘 쓰러진다. 쓰러진 아이들은 탈출한 아이들이 멀리멀리 달아나길 바란다. 그래서 부디 도움을 구했으면 한다. 그중 누군가는 돌아와 구해 줄 것이다. 누군가는 올 것이다.

늪지

세 아이는 걸음을 재촉한다. 이곳에서 빨리 벗어나야 한다. 대령 때문에 속도를 내지 못한다.

"너희들이 도망칠 수 있을 것 같아? 백 미터도 못 가서 잡힐걸. 도로 돌아가는 게 신상에 좋을 거다."

대령이 악담과 협박을 퍼붓는다.

"아, 시끄러워. 발이 아니라 입을 쐈어야 하는데."

나기가 입 닥치라고 하자 대령이 미친 듯이 꺽꺽대며 웃는다. 그러다 갑자기 뚝 그치더니 픽 고꾸라진다.

"뭐야? 죽였어?"

위령이 놀라서 나기에게 외쳤다.

"기절한 것 같은데."

쓰러진 대령을 살피고는 나기가 말한다.

"완전 엄살 대마왕이구만."

위령이 혀를 쯧쯧 찼다.

"업고 갈까?"

위령이 렌과 나기에게 묻는다. 인질로 데려가는 게 나을지, 아니면 버리고 빨리 달아나는 편이 나을지 결정해야 한다.

나기가 말한다.

"쓰레기는 이제 버리자."

"좋아. 하지만 난 빚 지고는 못 살아. 받은 만큼 갚아 주겠어."

위령이 발을 높이 들었다. 다리가 부들부들 떨린다. 위령이 입술을 악문다.

"에이, 발 더러워질까 봐 참는다."

위령이 대령 대신 땅바닥을 걷어찬다. 누런 흙먼지가 날렸다. 위령이 남은 한쪽 바짓단을 쭉 찢어 대령의 발목을 단단히 묶었다.

"서두르자."

렌이 재촉한다.

"아, 진짜, 차를 훔쳤어야 하는데."

위령이 툴툴거리자 나기가 씩 웃는다.

"지금이라도 저 안에 들어가서 훔칠까?"

"싫어! 절대 안 돼! 다시는 저기 안 가! 뭐 해? 빨리 뛰어!"

위령이 외치자마자 뛴다. 렌과 나기도 달리기 시작한다.

어디로? 어디든. 허허벌판 사이로 난 길을 달린다. 안전한 곳까지 달아날 수 있을까? 이 세상에 우릴 위한 안전한 곳이 있을까? 두렵고 막막하지만 우선은 달릴 수밖에 없다.

멀리 뒤에서 총소리가 들린다. 돌아보지 마. 앞만 보고 달려.

그런데 뭔가 다가온다. 자욱한 먼지를 일으키며 자동차가 달려온다. 세 아이는 우뚝 멈춰 선다. 돌아갈 수도, 앞으로 갈 수도 없다. 이대로 끝인가.

"렌!"

렌은 흠칫 놀란다. 차창 밖으로 터져 나오는 소리.

꿈인가?

늘 이런 꿈을 꿨다. 엄마가 데리러 오는 꿈. 달려가서 엄마 얼굴을 보려는 순간에 깨곤 했다. 멈춰 선 차에서 엄마가 내린다. 엄마가 달려와 꼭 껴안는다. 오늘은 운이 좋다. 엄마 얼굴을 보고 안기까지 했는데 꿈이 깨지 않는다. 이상하다. 이 꿈은 너무 생생하다. 엄마가 울음을 터뜨린다.

"엄마……?"

조가 렌의 얼굴을 쓰다듬으며 흐느낀다.

"진짜 엄마야?"

도무지 믿을 수 없다. 꿈이라면 영원히 계속되었으면 좋겠다. 참을 새도 없이 눈물이 쏟아진다. 엄마다. 진짜 엄마야.

"우선 차에 타! 빨리!"

조의 말대로 아이들은 차에 올라탄다.

뒷좌석에 세 아이가 나란히 앉았다. 위령은 뭐가 뭔지 모르겠다. 기다렸다는 듯이 렌의 엄마가 나타나다니, 거짓말 같다. 나기도 어리둥절할 뿐이다.

"오빠?"

렌이 조수석을 바라보며 놀란다.

"오빠? 너 잡아가라고 신고한 그 오빠?"

위령이 조수석으로 고개를 내민다.

"어, 맞아. 그 오빠."

가이가 고개를 뒤로 향하며 말한다. 멋쩍은 표정이다.

"드론, 오빠가 날렸어?"

"엄마가 날리라고 했어."

렌이 오빠의 얼굴을 바라본다. 웬일인지 살이 빠지고 눈이 퀭한데다 머리도 덥수룩하다. 어째 낯설다. 늘 자신감 넘치고 반짝반짝하던 사람이 완전히 풀 죽은 모습이라니. 그보다 눈빛이 이상하다. 저런 눈으로 동생을 바라본 적 없는데. 잘못 보지 않았다면 어색함과 미안함이 담긴 눈빛이다. 설마. 게다가 도저히 믿을 수 없는 표정을 렌은 하나 더 읽는다. 오빠가 반가워한다.

"고마워, 오빠."

렌이 말했다. 가이는 입가를 한 번 씰룩할 뿐 아무 대답도 하지 않는다.

"엄마."

렌이 운전하는 엄마의 목을 뒤에서 끌어안는다. 엄마가 한쪽 손으로 렌의 머리를 쓰다듬는다. 할 말이 너무 많다. 심장이 터질 것 같다. 정말 엄마가 와 줬다.

"다친 데 없니? 친구들 괜찮아?"

조가 백미러로 뒷좌석을 살폈다.

"네! 괜찮습니다. 저는 렌 친구 위령입니다. 그리고 얘는 나기입니다!"

우렁찬 소리에 조는 웃음이 터졌다. 그러다 나기의 얼굴에 시선이 멈춘다. 조의 심장이 쿵 내려앉는다.

"나기?"

나기는 놀란 목소리로 자신의 이름을 부르는 렌의 엄마를 바라본다. 어째서일까. 왜 목소리가 귀에 익을까. 나기는 뭔가 생각날 듯하다.

"박사님?"

차가 멈췄다. 조가 몸을 돌려 나기를 바라봤다. 그리고 나기의 얼굴을 가만히 쓰다듬었다.

나기는 이 순간을 얼마나 많이 상상했는지 모른다. 그런데 진짜 이런 일이 일어나다니. 분명 박사였다. 다정한 목소리로 그림책을 읽어 주던 이방인. 나기는 왠지 모르지만 눈물이 났다. 렌과 위령이 얼떨떨한 얼굴로 두 사람을 바라보았다.

"엄마, 나기를 알아?"

조가 눈가를 슬쩍 닦으며 고개를 끄덕였다.

"어떻게 알아?"

"조금 긴 이야기야. 나중에 말해 줄게. 우선은 빨리 여기서 벗어나자."

다시 차가 출발했다. 전속력으로 달린다.

"애들이 탈출했어. 꽤 많이. 달아나고 있어. 군인들이 뒤쫓고 있는데."

가이가 드론 조종기 화면을 보며 말한다. 자동 비행 모드로 띄운 드론 몇 대가 수용소 위를 날고 있다.

"거의 다 잡혔어."

세 아이의 표정이 어두워진다.

"조회 수가 점점 올라간다. 댓글도 엄청 달리고 있어. 지금 촬영 영상을 유튜브에 올리고 있거든."

가이가 휴대폰을 렌에게 넘겨준다. 세 아이가 머리를 맞대고 휴대폰을 들여다본다.

"사람들이 움직일 거야. 당장 구할 순 없더라도 군인들이 아이들을 함부로 대하진 못해. 지켜보는 눈이 있으니까."

조가 말한다. 확신하진 못한다. 그렇게 되길 간절히 바랄 뿐이다. 누군가는 아이들을 구하러 나설 것이다. 그것만은 믿는다. 아직 한 줌 빛이 있어 세상은 그것을 향해 나아간다.

렌은 어릴 적 일을 떠올린다. 공원에 있던 나무를 지키기 위해 나무에 올랐었다. 나무는 결국 베어졌지만 엄마에게 새로운 단어를 배웠다. 시위자. 엄마는 같은 뜻을 가진 사람을 모으라고 했다. 하나보다는 둘이, 둘보다 셋이 낫다고 했다. 렌은 양쪽에 앉은 위령과 나기를 번갈아 본다. 둘은 긴장한 얼굴로 차창 밖을 내다보고 있다.

"우리 어디로 가, 엄마?"

조는 아직 정하지 못했다. 어디로 갈 수 있을까?

"집으로."

나기가 말한다.

"집에 가고 싶어요. 할머니가 기다려요."

조가 고개를 끄덕인다. 그래, 어쩌면 거기라면.

"우리 집 알죠?"

"오랜만이라 좀 헤맬 순 있어."

조가 웃으며 대답했다.

"야, 너 약속 잊지 않았지? 우리 새끼손가락 걸었다?"

위령이 나기에게 속삭인다. 나기가 고개를 끄덕이고 말한다.

"같이 가자."

차가 빠르게 달린다. 세 아이는 나란히 앉아 앞을 바라본다.

렌은 두근거린다. 두려움과 긴장과 설렘이 뒤섞여 가슴이 뛴다. 도착할 그곳에 무엇이 있는지 잘 모른다. 기대하는 어떤 것도 없을지도 모른다. 하지만 가족과 친구들이 곁에 있어 아주 두렵지는 않다. 렌의 어깨 위로 위령의 고개가 살며시 닿는다. 고된 숨소리가 들려온다.

"생일 축하해, 위령."

위령이 눈을 감은 채 웃는다.

멀리 짙은 안개 너머로 초록빛이 희미하게 달려온다. 렌은 그곳을 똑바로 바라본다.

　이 소설의 초고를 쓴 건 몇 년 전이다. 굉장히 빠른 속도로, 한 달 만에 단숨에 썼다. 숨 가쁘게 써 내려간 원고를 차분히 들여다 보며 마무리해야 하는데 왠지 모르게 나는 자꾸만 머뭇거렸다. 소설에는 이해할 수 없는 폭력과 그로 인해 고통받는 아이들이 나온다. 나는 잔인한 이야기 속으로 뛰어들기 겁났다. 더는 폭력을 마주하고 싶지 않았다. 소설의 초고를 책상 서랍 깊숙이 넣고 잊어버렸다.

　원고를 다시 꺼낸 건 아주 오랜 시간이 흐른 뒤였다.

　내가 좋아하는 그림책 『줄넘기 요정』(엘리너 파전 지음, 샬럿 보크 그림, 김서정 옮김, 문학과지성사 2010)에는 이런 장면이 나온다. 캐번 산 아래 마을 여자아이들은 모두 캐번 산에서 줄넘기를 하며 자랐는데 어느 날 갑자기 영주가 공장을 짓겠다며 산 둘레에 철조망을

두른다. 캐번 산에서 다시는 줄넘기를 못 할지도 모른다는 사실에 슬퍼한 엘런은 숲속, 어둠 속에서 홀로 운다. 그때 다정한 목소리가 엘런에게 말을 건다.

"너무나 엄청난 일이라서, 우는 거 말고는 다른 방법이 없는 걸요."

"아니야, 방법이 있어. 근심 잊고 넘기를 하면 된단다, 아가야."

원고를 고쳐 쓰고 있던 어느 추운 겨울밤, 믿기지 않는 일이 일어났다. 그 밤 우리는 총을 든 군인들과 군인이 겨눈 총부리와 거리로 진격하는 장갑차를 몸으로 막아서는 시민들을 보았다. 그밤 잠들지 못하고 떨면서 보았다. 똑똑히 보았다.

그 밤 이후 지금도 나는 늦은 밤 이유 없이 가슴 두근거리며 뒤척이고 종종 잠에서 깨어나곤 한다. 그 밤의 일을 선명히 기억하기에, 그 밤의 일이 다시 일어날까 봐 두렵기 때문이다. 어둠 속에서 내 고양이들이 자는 숨소리에 안도하며 나는 눈물을 닦고 잠을 청한다.

오랫동안 묻어 둔 원고를 다시 꺼내든 이유를 나는 알게 되었다. 폭력의 실체를 말하고 싶다거나 내게 폭력에 맞설 힘이 생겨서가 아니었다. 내가 쓰고 싶었던 건 흉포하고 잔인한 폭력과 억압 속에서도 인간다움을 잃지 않으며 살아남고자 연대하는 소녀들의 이야기였다.

무섭고 슬플 때마다 광장에 울려 퍼지는 노래와 어둠 속에서 빛나는 응원봉의 불빛에 버틸 수 있는 힘을 얻었다. 지고 싶지 않다고 생각했다. 그 속에 렌과 위령, 나기도 함께 노래하고 있다고, 나는 생각했고 보았고 들었다. 밤새 캐번 산에서 소중한 것을 잃지 않기 위해 줄넘기를 한 소녀들과 여자들을 떠올렸다.

초승달이 뜬 캐번 산에서는 어린아이처럼 아주 작고 구부정한 할머니 엘시 피더크가 지금도 줄넘기를 하고 있다.

"나를 이 산에서 쫓아낼 수는 없어요. 나는 글라인드의 아이들을 위해서 줄넘기를 하는 거예요. 이 산을 그 아이들의 아이들에게도 영원히 물려주기 위해서요."

나는 그런 이야기를 읽고 싶고 쓰고 싶고 그치지 않고 쓸 것이다.

원고를 세심히 살펴 주고, 다정한 힘과 용기를 보내 준 김도연 편집자님께 감사드린다. 아름다운 추천사를 써 주신 이하나 평론가님께도 감사한 마음을 전한다.

늘 내 소설의 첫 독자가 되어 주는 자매들, 고맙다. 더 좋은 글을 쓰고 싶다.

2025년 여름, 최상희

창비청소년문학 137

늪지의 렌

초판 1쇄 발행 | 2025년 7월 11일

지은이 | 최상희
펴낸이 | 염종선
책임편집 | 김도연
조판 | 박지현
펴낸곳 | (주)창비
등록 | 1986년 8월 5일 제85호
주소 | 10881 경기도 파주시 회동길 184
전화 | 031-955-3333
팩스 | 영업 031-955-3399 편집 031-955-3400
홈페이지 | www.changbi.com
전자우편 | ya@changbi.com

* 이 도서는 2025년 한국문화예술위원회 아르코문학작가펠로우십지원사업
　선정 작가의 도서입니다.